KB105681

“습관은 반드시 실천할 때 만들어집니다.”

우리는 이미 여행자다

일상이 여행이 되는 습관

섬북동 지음

좋은습관연구소

지속하는 힘은 아름답다고 생각한다. 시작은 소란했으나 지속하지 못하고 초라하게 끝나는 것들이 얼마나 많은가? 특히, 우리 인간들이 하는 일이란. 구심점이라고는 별로 없을 'thumb(섬)'에서, 그다지 어울릴 것 같지 않던 친구들이 Book(북)으로 모여(동), 신묘하게 지속하면서 온갖 궁리를 다하더니 이제 글로 통찰의 빛을 발하는 듯. 읽히는 힘 또한 노련하게 강렬하니 인생 여행길 옆구리에 끼고 읽으면 길 없는 길에서 감성의 샛길이 열릴 듯하다.

- 숙명여자대학교 홍보광고학과 겸임교수,

『죽이는 한마디』 저자, 카피라이터 탁정언

프롤로그

여행은 내가 진정으로 좋아하는 것이 무엇인지, 내가 어떤 사람인지 깨닫게 해주었다. 새삼 알게 된 사실과 그렇게 알아낸 것들을 조금 더 아끼고 싶게 만들었고 나와 다른 이들을 조금 더 이해할 수 있도록 해주었다.

여행이 그랬다면, 여행만이 그런 기능과 혜택을 제공하는 게 아니라는 것을 알려 준 건 오랜 독서 모임 '섬북동'과 그곳의 사람들이었다. 10년 전 긴 팔에 재킷을 덧입어야 했을 즈음, 지금은 없어진 합정 후마니타스 카페 스터디룸에서 두 명이 만나 '섬북동'의 시작을 준비했다. 그렇게 10년이 흘렀다. 카피라이터들의 커뮤니티에서 디자이너가 만든 독서 모임이 과연 계속 이어질 수 있을까? 하는 의구심도 무색하게 현재까지 잘 이어지고 있다. 사람들이 독서 토론을 어떻게 그렇게 꾸준히 하느냐고 물어보면 '그냥 수다를 떤다'라고 말한다. 책은 핑계일 뿐 사는 이야기를 하며 집이나 직장 등에서 받은 스트레스를 풀 수 있는 그런 모임. 언제 만나도 부담 없이 소통하고 편히 쉬다 가는 모임. 멤버들은 여전히 각자의 섬을 갖고 모인다. 그렇게 모여서 대화를 하다 섬들이 모여 더 큰 섬이 되고, 우리들만의 휴양지가 열린다. 그렇게 우리는 휴식을 하고 에너지를 얻고 또 각자의 일상을 이어간다.

굳이 멀리 가지 않아도 일상에서 색다름을 느끼면 그게 곧 여행이 된다. 여행은 우리 안에 살고 있다. 우리가 기다려 마지않는 긴 여행과 일상에서 누렸던 짧은 여행의 이야기를 담아보았다. 그리고 우리를 가득 채우고 앞으로 나아가게 하는 것들에 대해 엮었다.

지금도 우리들은 책을 읽고 이야기하며 집 나간 여행이 돌아오기를 기다린다. 서로에게 딱 맞는 여행지를 추천하고, 무지개가 뜬 하늘과 해가 지는 바다의 풍경을 공유한다. 그리고 가끔은 맥주를 마신 뒤 "오스트리아에 같이 갈래?" "그래 좋아." 이런 대화를 나누고, 새로 여행 적금을 넣기도 하고 "하와이에서 달리기하고 싶다아아…" 같은 바람도 이야기한다.

섬북동과 까뽀에이라로 여행의 부재를 달래며 다시 브라질 여행을 꿈꾸는 재포, 코로나 이전에 들었던 여행 적금을 해약했다가 얼마 전 다시 넣기 시작했다는 경영, 10년 넘게 아는 멤버들과 여행을 다녔고 또 그 멤버들과 얼른 다시 여행을 가고 싶다는 유정, 캐리어에 운동복과 러닝화를 담고 하와이에 달리러 가고 싶다는 미현, 세계 각지를 여행하며 죽을 뻔한 고비를 수십 번 넘기고서도 지금 살아남아 여행 이야기를 할 수 있어 운이 좋다는 매옥, 프로 집순이라면서도 누구보다도 서울을 많이 돌아다니는 주은, 그리고 여행에서 누릴 수 있는 즐거움을 섬북동에서 다시 발견했다는 승은까지.

함께 비밀 일기장을 쓰는 것처럼 두근거리는 작업이었다. 뭔가 함께 할 수 있다는 건 참 행복한 일이다. 이 글을 읽는 사람이 우리의 소소한 일상 이야기에 비빔밥처럼 함께 섞이고 김밥처럼 함께 말리며 조금은 신이 나면 좋겠다.

일상을 여행처럼 여행을 일상처럼. 진부하지만 지금 우리에게 정말 필요한 말이 아닐까. 다음 여행을 다 같이 기다린다. 반드시 찾아올 여행을.

목차

1부. 방구석 생존 여행

1. 유튜브 - 오늘 밤은 또 어느 도시로 가볼까? 14
2. 브랜드 - 그곳이 나를 부르고 있어 23
3. 공부 - 봄이 오는 그때까지, 적금 넣듯 꾸준하게 33
4. 맛 - 여행의 기억이 떠오를 땐, 현지식 즐기기 41
5. 영화 & 드라마 - 화면으로 만나는 뉴욕과 파리 51
6. 처음 - 평소와는 조금 다른 길, '오늘의 처음' 61
7. 책 - 소설로 떠나는 현실 여행 70
8. 낯섦 - 오른손잡이의 왼손 여행 77

2부. 집 밖 일상 여행

9. 플랭크 - 아무 데서나 엎드리는 중입니다 84
10. 만 보 - 걷다 보면 그때 그 걸음 수 93
11. 자전거 - 매일 떠나는 따릉이 여행 102
12. 묘지 - 나의 공동묘지 답사기 108
13. 무술 - 매일 아침이 브라질, 까뽀에이라 118
14. 시장 - 지금 이 시간을 행복하게 사는 법 126
15. 서점 - 서점의 공기, 그림책의 온기 135
16. 모임 - 또 다른 세상으로 떠나는 여행 144
17. 다리 - 랜선으로 건너는 다리, 그곳에서 만나는 풍경 151
18. 달리기 - 아침마다 떠나는 짧은 여행 157
19. 여유 - 남의 시간이 아닌 나의 시간을 삽니다 166

3부. 기억에 기댄 여행

20. 기념품 - 오래도록 일상의 습관처럼 174
21. 이사 - 가벼운 여행자로 살아가기 183
22. 전망 - 높이마다 새겨진 여행의 기억 191
23. BGM - 그곳으로 떠나는 타임머신 198
24. 노을 - 노을을 보려고 하루를 산 것 같았다 206
25. 사진 - 단톡방 추억 여행 213

섬북동씨 안에는 7인의 여행자가 있습니다 222

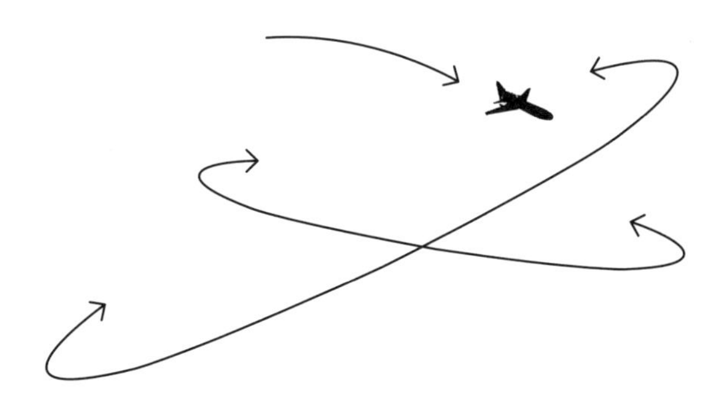

1부

방구석 생존 여행

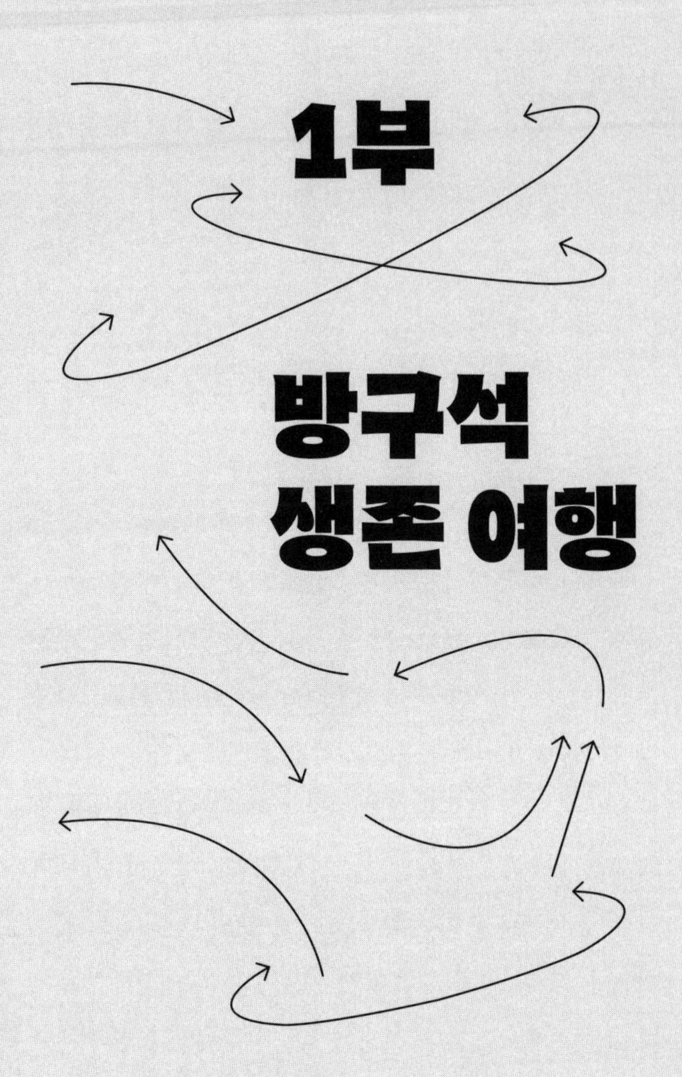

1. 유튜브

오늘 밤은 또 어느 도시로 가볼까?

뉴욕의 봄. 드디어 뉴욕에도 봄이 오나 보다. 두꺼운 파카를 벗고 올해 처음으로 코트를 입고 출근했다. 점심을 주문하러 가는 길, 날씨가 너무 따뜻해서 놀랐다. 여행도, 일상도 막혀버린 이런 시기에 봄은 생각보다 큰 위로가 된다. 타코볼을 가득 담은 그릇을 안고 회사로 돌아왔다. 이제 사무실 내 책상에서 혼자 점심을 먹는 것도 익숙한 일상이 됐다. 퇴근길, 강 너머로 보이는 뉴욕 도심 풍경을 보면 마음이 편안해진다. 저녁거리를 사러 잠시 마트에 들렀다. 한국 마트에서 어묵탕 재료를 사 와 시원하게 국을 끓여냈다. 한국 예능 프로그램을 보며 혼자 여유롭게 저녁을 먹는 이 시간이 참 좋다.

어느새 금요일 퇴근 시간. 한 주 중 내가 제일 좋아하는 시간이다. 오늘은 금요일이니만큼 친구와 저녁 약속을 잡았다. 오늘 날씨는 봄을 넘어 여름이라고 해도 좋을 만큼 따뜻하다. 뉴욕에 산다고 해서 그렇게 특별할 것도 없다. 금요일 저녁이면 편한 친구들을 만나 좋아하는 음식을 먹고, 한 주를 열심히 산 나를 칭찬하고 위로한다. 친구와 헤어져 돌아가는 귀갓길, 강 너머로 내다보이는 불 켜진 뉴욕 풍경. 매일 아침저녁으로 마주하는 풍경이지만, 볼 때마다 내가 어디에 있는지 깨닫게 되는 장면이다.

주말 아침. 오늘은 전철을 타지 않고 걸어서 골목 구석구석을 걷다, 다리 건너 루즈벨트섬으로 가본다. 다행히 너무 늦지 않게 온 덕에 활짝 핀 벚꽃을 놓치지 않았다. 한국에서 본 벚꽃과 달리 이곳의 벚꽃은 꽃송이가 유난히 크다. 부디 꽃도, 봄도 오래오래 머물러 줬으면 좋겠다. 언덕 위로 시원한 바람을 맞으며 사진을 찍기도 하고 벽에 일렁이는 나무 그림자를 구경하며 오래 걸었다. 모두에게 힘든 시기이지만 덕분에 일상의 사소한 것들에서 기쁨을 찾고, 매년 무심히 지나쳤을 풍경들을 더 가까이 들여다보며 이 시간을 잘 지

내려 노력하고 있다. 다들 그렇겠지?

후쿠오카의 여름. 장마가 끝나고 본격적인 여름 더위가 시작됐다. 커피에 얼음을 잔뜩 넣어 냉동실에 잠시 넣어뒀다. 그 사이 빵을 한 장 꺼내 굽는다. 밤새 더위에 잠을 설친 뒤 조금은 멍한 여름날 아침에는 역시 믹스 커피가 좋다. 바깥 날씨가 덥긴 하지만 오랜만에 연휴 기간이라 버스를 타고 텐진으로 향한다. 오늘 가려고 했던 햄버거 가게는 코로나 때문에 안에서 먹는 건 힘들고 포장밖에 되지 않는다. 어쩔 수 없이 근처 공원에서 먹기로 한다. 시원한 음료를 하나 사서 공원 벤치에 자리 잡고 앉았다. 머리가 울릴 정도로 엄청난 매미 소리에 둘러싸여 땀을 흘리며 햄버거를 먹었다. 너무 더워서 오이와 당고를 사서 얼른 집으로 돌아왔다. 잠시 땀을 식힌 뒤, 저녁에는 마트에 들러 치킨 재료와 맥주를 하나씩 사서 돌아왔다. 역시 여름밤에는 맥주다. 무덥지만 맥주가 맛있는 계절.

오늘은 아침부터 미용실에 가기로 했다. 마스크에 양산까지, 요즘은 나가려면 챙겨야 할 짐이 너무 많다. 이 더위에 마스크까지 쓰고 있으려니 괴롭다. 언제쯤 마스크를 벗게 될까? 이러다 친구들 얼굴도 잊을 것 같다. 커피를 마시며 세계 여행지가 담긴 책을 읽고 있으려니 얼른 여행을 떠나고 싶다. 사우나 속에 들어와 있는 것처럼 푹푹 찐다. 그래도 이제 8월 말이니 이 여름도 어느새 끝나겠지.

에든버러의 가을. 스코틀랜드에 오고 난 이후에는 모든 계절을 사랑하게 됐다. 특히 햇볕이 귀한 나라에 오니 가을 햇살은 더 귀하고 사랑스럽다. 한 줄 구름이 길게 걸린 파란 하늘과 바스락 소리가 들리는 것 같은 단풍나무 주택 지붕 뒤로 비행기 한 대가 떠가고 새들이 날개를 퍼덕이며 어딘가로 날아간다. 여기 오길 참 잘했다.

토요일이라 외출을 감행했다. 에든버러성 근처로 오자 음악 소리가 들리기 시작한다. 에든버러는 하루도 잠잠한 날이 없다. 1년 내내 축제 중이다. 이제 익숙해진 풍경인 빨간색 이층 버스가 옆으로 지나간다. 내 앞으로는 노부부가 다정하게 손을 잡고 걸어간다. 오늘의 진짜 목적지인 오래된 케이크 가게에 도착했다. 1926년에 문을 연 가게다. 카페라떼와 딸기 케이크 하나를 시켰다. 한국과 달리 유럽에서는 90년을 영업한 가게라도 오래된 축에 들지 못한다.

케이크를 먹고 일어난다. 오늘은 갤러리도 둘러보기로 했다. 스코틀랜드 국립박물관은 언제 와도 저 높은 천장에 압도된다. 오후 6시까지 문을 여는 줄 알았는데 5시가 폐장 시간이었나 보다. 문 닫기 전 부랴부랴 뮤지엄 샵에 들러 뭐 살 게 없나 살펴본다. 고백하자면 나는 미술관보다는 미술관 기념품 가게에 더 관심이 많다. 다른 사람들이 그림을 구경하러 흩어진 사이 혼자 기념품 가게를 뱅뱅 돌며 시간을 보낸다. 제일 자주 사고 또 좋아하는 기념품은 에코백과 책갈피다. 흔해 빠진 것 같아도 오래 그곳을 기억할 수 있는 부담 없는 선물이다. 폐장 시간이 다 되었다. 바깥은 벌써 어두워지기 시작했다. 이제 더 해가 짧아지는 계절로 들어서고 있다.

스톡홀름의 겨울. 아침을 먹은 다음 든든히 껴입고 딸, 남편과 함께 산책을 나왔다. 남편은 딸의 썰매에 줄을 매달아 끌고 눈 쌓인 길을 앞서간다. 내 남편, 내 딸이지만 참 사랑스러운 부녀다. 꽁꽁 언 호수 저편으로 아침 해가 떠오른다. 겨울이 길어서 힘들지만 날씨가 좋은 날은 지상의 풍경이라고는 믿을 수 없을 정도로 평온하고 아름다운 곳이다. 눈 쌓인 꽁꽁 언 호수 위로 우리처럼 해를 보러 나온 사람들의 발자국이 길게 찍혀 있다. 해를 보며 걸음을 옮길 때마다 뽀드득 뽀드득 경쾌하게 눈 밟는 소리가 난다. 또 앞으로 며칠은 해를 보기 힘들 것이다. 해가 이렇게 드물고 귀한 존재였다니…. 사계절 내내 해가 잘 드는 한국에서는 상상도 못 한 일이다. 어린 시절에는 온통 눈에 덮인 풍경을 TV로 보면서 동화 속 세상 같다고만 생각했는데, 지금은 내가 그 풍경 속에서 살고 있다. 삶은 어디로 어떻게 흘러갈지 알 수가 없다. 한참 열심히 뛰어놀고 들어온 딸은 금세 지쳐 잠이 들었다. 남편과 둘이 커피를 앞에 놓고 평화로운 피카를 한다. 참 따뜻하고 소중한 이 시간.

거의 한 달 만에 해가 뜨는 날. 이런 날을 놓칠 수 없어 온 가족이 근처에서 썰매를 타기로 했다. 도시가 온통 눈 천지다. 양옆으로 늘어선 삼나무 위에도 하얗게 눈이 쌓였다. 스키를 탄 사람들이 일렬로 지나가고 남편은 딸을 꼭 안고 언덕 위에서 썰매를 탄다. 볼이 빨개진 딸은 추운 줄도 모르고 그저 신난 얼굴이다. 어릴 때 남동생들과 눈 쌓인 언덕을 찾아가 포대를 깔고 썰매를 탔다. 할아버지가 만들어 준 나무 썰매를 지치며 집 앞의 강 위를 오갔던 기억이 난다. 요즘은 오후 한 시가 넘으면 해가 진다. 그러니 더욱 부지런히 움직여 해가 떠 있는 시간을 즐겨야 한다. 다시 어둠이 찾아오기 전에.

2019년 6월, 마지막으로 간 여행지는 핀란드 헬싱키, 오스트리아 빈, 헝가리 부다페스트였다. 헬싱키에서는 크리스마스와 함께 가장 큰 연휴라고 하는 하지제(夏至祭) 기간에 걸려 제대로 여행 기분을 낼 수 없었다. 카페를 포함한 거의 모든 가게가 문을 닫았다. 떠나기 전날 마트 한 군데만 유일하게 영업 중이었다. 하필이면 내가 가이드를 맡은 도시라 난감하고 일행들에게도 미안했다. 그리고 다음으로 간 오스트리아 빈은 숙소가 있는 동네가 생각보다 너무 허름했다. 그리고 우리 여행의 마지막 도시였던 부다페스트는 더워도 너무 더웠다. 그해 유럽은 유례없는 폭염을 겪으며 비상이었다. 몇 개월 뒤 세계가 감염병에 갇혀 이렇게 꼼짝달싹 못 할 줄 알았더라면 그 '실패'와 '고난' 마저도 여행의 맛이라 생각하며 더 즐길 걸 그랬다. 늦은 후회가 든다.

여행을 못 가는 동안 해외에 사는 한국인 유튜버들의 채널을 열심히 구독했다. 지금은 한국으로 돌아왔지만 3년 전까지만 해도 스코틀랜드에 살고 있던 'HEYJOO' 채널, 남편과 딸과 함께 스웨덴에 사는 '펩선PEPSUN' 채널, 뉴욕에서 회사에 다니는 '배배 뉴욕BaeBae NY' 채널, 남편과 후쿠오카에 살며 일상을 공유하는 '윗시 wish' 채널, 옷도 음악도 취향도 감각적인 뉴욕의 '정윤 UniAvenue' 채널, 영국 런던에서 회사에 다니며 집안과 출퇴근 생활을 담아 올리는 'Yookyung's Day유경데이' 채널 등, 각 나라에 흩어져 사는 한국인 유튜버들의 일상과 낯선 도시의 풍경을 훔쳐보며 여행의 빈자리와 혼자 있는 시간을 견뎌냈다. 해를 넘기며 그들의 일상에 끼어 함께 여행하는 동안 누구는 아이를 갖고, 조그맣던 아이는 키가 훌쩍 자라고, 계절이 바뀌고, 옷이 두꺼워졌다 얇아지고, 새로운 집으로 이사를 하고, 회사를 옮기기도 했다. 하지만 한 가지 공통점은 하나같이 마스크를 끼고 외출한다는 것. 우리는 다른 장소에서 똑같은 시간을 견디고 있다.

주변의 가까운 사람을 만나 밥을 먹고 수다를 떨며 시간을 보내고 있지만(거리 두기 단계에 따라 이 마저도 쉽게 허락치 않는다), 혼자 있는 시간에는 각자의 도시에서 살고 있는 한 번도 만난 적 없는 이들에게서 위로를 받는다. 단 한 번도 이들의 채널에 댓글을 단 적은 없지만, 늘 고마운 마음을 품고 있다. 어느 곳에 있든 우리 모두 서로에게 기대어 잘 이겨냈으면 좋겠다. 오늘 밤은 또 어느 도시로 가볼까?

(김경영)

2. 브랜드

그곳이 나를 부르고 있어

편집 디자인 회사에 다닌 지 만으로 11년이 넘었다. 대표부터 인턴까지 모두가 디자이너인 회사 안에서, 브랜드의 모든 커뮤니케이션 활동을 '시각적'으로 생각하고 풀어내는 이 사람들 속에서, 브랜드의 모든 것을 '언어적'으로 생각하고 풀어내는 일을 하고 있다. 쉽게 말해 브랜드의 이름을 짓거나, 슬로건과 같은 핵심 메시지를 개발한다든가, 브로슈어에 들어갈 내용이나 프로모션 카피, 온라인 상세페이지에 들어갈 문안을 그때그때의 목적과 타깃에 맞춰 작성하는 일을 하고 있다. 카피라이터로서, 콘텐츠 기획자 및 크리에이터로서 팀원 두 명과 함께 복닥거려가며 사방팔방 오지

랖을 부리고 있다.

새로운 브랜드 일이 들어올 때는 그 브랜드에 대해 되도록 빨리 그리고 제대로 알아가는 것이 중요하다. 그 브랜드는 어디서부터 시작됐는지, 가장 중요하게 생각하는 가치가 무엇인지, 어떤 메시지와 이미지로 사람들에게 현재 인식되고 있는지, 브랜드 담당자로부터 수신한 자료와 인터넷 검색으로 찾아낸 관련 정보들을 줄기차게 읽고 파악해야 우리가 해야 할 일의 출발선에 겨우 설 수 있다. 간혹 처음부터 브랜드의 아이덴티티를 차곡차곡 만들어가야 하는 작은 회사의 브랜딩 업무를 할 때면, 몇 장 안 되는 PPT 파일과 담당자의 간절한 마음만으로 일을 시작하는 경우도 있다.

우리가 진행하는 브랜드는 오랜 역사와 고퀄리티를 자랑하는 명품 브랜드일 수도 있고, 요즘 가장 핫하게 떠오르는 신생 브랜드일 수도 있다. 들어오는 일의 대부분이 뷰티 브랜드 관련이지만 그렇지 않은 브랜드도 수시로 치고 들어온다. 해당 브랜드뿐만 아니라 경쟁 브랜드나 관련 트렌드를 그때그때 잘 알고 있어야 하고, 어떻게든 따라가려고 노력해야 하는, 그렇게 해야 할 수밖에 없는 일이 우리 일이다.

매력적인 브랜드를 만나면 직접 내 눈으로 확인하고 싶어진다. 매장에 나가 사진을 찍고, 구매해서 사용해 보고, 그 사용 경험을 주변에 나누고 싶어진다. 그러고 나면 떠나고 싶다. 브랜드 스토리에 적힌 그 브랜드만의 뿌리, 브랜드만의 정체성이 담긴 지역을 직접 찾아가 보고 싶어진다. 그리고 점점 그 브랜드의 모든 것이 좋아진다. 브랜드만의 로고나 컬러, 심볼, 패키지를 좋아하게 되고 그 브랜드가 표현하는 방식과 톤앤매너, 퍼포먼스에 열광하고 나아가 그 브랜드를 포용하고 있는 문화나 도시, 국가에 대한 환상까지도 품게 된다.

한 위스키 브랜드의 자체 발행 매거진을 꽤 오래 진행한 적이 있다. 디자인 팀에서는 편집 디자인을 담당했고, 우리 팀은 매거진에 들어갈 콘텐츠 기획부터 취재, 작성까지 전 과정을 맡았다. 이름은 매거진이었지만 판매용은 아니었고, 사보 중에서도 주요 홍보처나 관련 업종 종사자들 그리고 관련 업장에 배포되는 사외보 성격에 가까운 매거진이었다. 이 프로젝트를 통해 브랜드가 선정한 인플루언서 혹은 스포츠 관련 대회를 취재하기도 하고, 다른 명품 브랜드의 헤리티지(유산)와 해당 브랜드를 엮어서 풀어내기도 했다.

이 일을 시작할 때만 해도 나는 소맥이나 말 줄 알았지, 위스키에 대해서는 문외한에 가까웠다. 하지만 브랜드와 관련 용어를 열심히 익히다 보니 이 브랜드만의 헤리티지와 창립자의 철학 그리고 보틀 하나하나에 새겨져 있는 장인 정신이 내게도 제법 웅장하게 느껴졌다. '괜히 연산 높은 위스키들이 대접받는 게 아니구나. 처음 오크통에 담은 양에 절반도 남지 않는 이 결실(이를 업계에서는 '천사의 몫'이라 부른다)을 위해 30여 년을 안정된 환경 속에서 고이고이 보관해야 하다니.'

가장 재미있었던 것은 영국 각 지역의 특정 증류소에서 오랜 인고의 시간 끝에 만들어진 싱글 몰트 위스키들을 다시금 완벽한 배합으로 블렌딩하는 블렌디드 위스키의 탄생 과정이었다. 그저 양념장 만들 듯 몇 대 몇으로 잘 섞고 오래 숙성시키면 되는 줄 알았는데 '그럴 리가 없잖은가!' 이 숭고한 블렌딩 과정은 이 일을 관장하는 마스터 블렌더의 타고난 오감과 섬세한 손끝을 거쳐 완성되며 그 소수 정예의 역할은 대를 이어 계승된다고 한다.

위스키 브랜드의 매거진 작업을 몇 년간 진행하면서 나는 처음으로 영국의 런던이 아닌, 스코틀랜드의 에든버러나 스페이사이드와 같은 지역에 머무르면서 위스키 증류소 투어를 해보고 싶다는 생각을 했다. 문장으로는 수없이 묘사하고 그때마다 모든 심상과 감각과 자료들을 끌어모아 나래를 펼쳤지만 직접 가본 적은 없는 곳. 그래서 꼭 한 번은 직접 가보고 싶은 그곳에 대한 열망이 꿈틀거렸다. 그래야 '천혜의 자연'과 '숭고한 역사'라는 표현이 더욱 진정성 있게 우러나오지 않겠나. 하지만 아쉽게도 그 바람은 아직 실현되지 않았다.

위스키 브랜드의 지향점과 가치가 부분적으로 맞닿아 있는 다른 명품 브랜드를 찾아내고, 이 둘을 서로 엮는 꼭지를 기획하면서부터는 이름 정도만 알고 있던 다른 브랜드들에 대해서도 많이 알게 됐다. 까르띠에, 몽블랑, 브룩스 브라더스, 라이카 같은 브랜드들의 오랜 히스토리와 철학 그리고 제품이 아니라 작품을 다루는 듯 엄격한 기준과 그 속에 스며들어 있는 장인 정신. 이에 감명하다 보면 이들이야말로 대중성과 희소성이라는 상충하는 가치를 동시에 품을 수 있는 그릇이라는 결론을 매번 내릴 수밖에 없었다.

어느 하나 허투루 만들어지는 게 없는 브랜드들을 파다

보면 그 안에 담긴 정성과 철학에 나부터가 설득이 되어, 어느새 구매 기록 하나 없이도 나는 그 브랜드의 홍보대사가 되어 있었고, 나의 구매력과 상관없이 로열티(충성도)는 하늘을 찌르곤 했다. 어느덧 꿈의 카메라로 라이카가 자리를 잡았고, 언젠가는 내 이름을 각인한 몽블랑 만년필을 들고 다닐 것이며, 뱅앤올룹슨 스피커를 넓은 거실 한편에 세워둘 것이고, 한가운데는 (에라 모르겠다) 스타인웨이 피아노를 놓고, 액세서리는 다른 거 하나도 안 끼고 까르띠에 딱 하나만 걸쳐야겠다는 현실감 없는 야망을 품기 시작했다. 십 년 가까이 지난 지금, 몇 가지는 작게나마 이뤘고 어떤 것은 아직도 어림없다.

일단 꿈을 꾸면 가능성은 커진다고, 브랜드의 자취를 더듬을 때마다 여행을 가고 싶은 곳 리스트도 계속해서 늘어만 갔다. 코펜하겐은 북유럽과 루이지애나 현대 미술관에 대한 로망으로 선택지에 넣어둔 덴마크의 도시였다. 그 뒤 이곳이 레고와 로얄 코펜하겐과 뱅앤올룹슨의 도시라는 것을 알게 되고서는 바로 루트 확정!

이렇듯 위스키를 배우다 보면 영국에 가고 싶고 와인을

배우다 보면 프랑스에 가고 싶어진다. 한창 세계 맥주에 탐닉하던 시절에는 유럽에서 도시별로 맥주 투어를 다니고 싶다는 얘기도 숱하게 하고 다녔다.

뷰티 브랜드를 진행할 때도 그랬다. 더마코스메틱 브랜드를 처음 시작할 무렵에는 프랑스 파리에 가면 몽쥬 약국을 들러 미리 점찍어둔 여러 더마 브랜드 제품을 최대한 많이 쓸어 담아 오리라 다짐을 했다. 한두 번 정도는 쓸어 봤으려나. 그러나 금세 우리나라에도 올리브영, 롭스, 랄라블라, 시코르 같은 뷰티 & 헬스 스토어가 줄지어 생기더니 수많은 더마 브랜드가 입점되면서 그 기세는 좀 시들해졌다. 글로시에, 드렁크 엘리펀트와 같은 새로운 뷰티 브랜드들이 디자이너들과 클라이언트 사이에서 외국 냄새나는 레퍼런스 브랜드로 몇 번 오르내리고 나면 얼마 뒤 몇몇은 꼭 국내에서 출시되곤 했다. 이제 이 간격은 점점 짧아지고 있다. 국내에서 론칭되지 않는 브랜드라 할지라도 해외 직구 사이트를 이용하면 3일이면 받아볼 수 있는 세상이니 굳이 브랜드 때문에 출국 계획을 짤 일은 점점 없어졌다. 하지만 과연 그럴까?

처음에는 관심 있는 브랜드가 생기면 그 브랜드의 탄생

지라 할 수 있는 고향으로 여행이 가고 싶어졌다. 하지만 어느 순간부터는 반대로 여행을 갈 기회가 생길 때마다 현지에서 유명한 브랜드를 찾았다. 해당 브랜드가 탄생한 나라에서 그 브랜드의 매장을 구경한다는 것은 좀 더 저렴하게 제품을 살 수 있다는 장점도 있지만, 브랜드 경험 자체만으로도 의미가 있다. 프랜차이즈 맛집이나 카페도 본점이 가장 맛있고 친절하고 내부도 가장 잘해놓지 않던가. 그리고 아직 우리나라에 들어오지 않은 매력적인 브랜드 제품을 여행 중 해외에서 직접 모셔와서 사용할 때의 만족감도 매우 컸다. 몽골의 고비 캐시미어 목도리와 미국의 인앤아웃 버거, 일본의 츠타야 서점, 호주에서 구매하긴 했지만 메종 마르지엘라 레플리카 향수가 그랬다.

이미 알고 있던 브랜드지만 그 브랜드가 '살고 있는' 현지에서 만나게 되면 뭔가 더 반갑고 감회가 남다르다. 허세 좀 보태어 정말 더 생생한 기운의 브랜드를 만날 수 있달까. 시드니 뉴타운 거리의 이솝 매장은 빛바랜 듯 연한 민트 컬러의 입구와 블랙 컬러의 간판, 문 앞에 비치된 샘플용 핸드크림으로 정겹게 우리를 반겼다. 내부도 마찬가지였다. 브랜드 가치를 담고 있는 듯한 다양하고 멋진 그림과 사진들이 한쪽 벽면에 정해진 규칙과 비율 없이 가득 붙어 있었다. 그 골목과 도시에 맞춘 듯 편안하고 자연스럽게 어우러지던 그 상점의 인테리어는 한국 매장의 약간은 고급스러우면서 정제된 이미지와는 달랐다.

가는 나라마다 있는 다국적 브랜드 이를테면 스타벅스나 맥도날드 같은 브랜드에는 그 지역마다 특성화된 메뉴나 인테리어, 굿즈가 있다. 이를 소비하는 재미도 쏠쏠하다. (정작 국내에서는 자주 가지 않는데 말이다.) 방콕 수쿰빗의 지하철역 근처 맥도날드에서 테이크아웃해서 먹었던 콘파이는 너무 뜨거워 혀를 데긴 했지만 달짝지근한 맛이 끝내줬다. 포르투갈 리스본의 맥도날드 시그니처 버거는 그 나라 특유의 짠맛과 생각보다 부실한 볼륨이 기억에 남는다. 벽면이 온통 노란 마카오의 스타벅스에서 샀던 핀 배지 세트와 홍콩 스타벅스에서 사 먹은 플라스틱 용기에 든 수박 주스, 라스베이거스 스타벅스에서 먹은 펌킨 스파이스 라떼도 다른 곳에서는 즐길 수 없는 '한정'의 가치로 그때 그 순간을 더욱 특별하게 만들어줬다.

좋은 브랜드, 성공한 브랜드는 이름만 들어도 연상되는

이미지가 뚜렷하고 존재의 이유가 분명하며 존재하는 것만으로도 사람을 끌어당긴다. 세계적으로 선호도가 높은 브랜드는 그 나라에 대한 이미지와 국격을 높이기도 한다. 우리나라로 치면 BTS 같은 브랜드 말이다.

좋아하는 브랜드도 너무 많고, 매일 쏟아지는 새로운 브랜드를 끊임없이 배우고 소비하는 사람으로서 나는 걱정이다. 매일같이 쏟아지는 브랜드의 홍수 속에서 나만의 브랜드와 취향을 어떻게 찾아갈 것인지에 대한 고민 반, 참고할 만한 브랜드들의 다양한 퍼포먼스들과 스토리들을 내 일에 어떻게 반영할 수 있을까에 대한 고민 반. 일단 맥도날드부터 갔다가 스타벅스에서 오늘의 커피를 아이스로 한 잔 때리면서 생각해 봐야겠다.

(이승은)

3. 공부

봄이 오는 그때까지, 적금 넣듯 꾸준하게

벌써 8년 전이다. 2013년 가을, 스페인 여행을 한 달 앞두고 다시 스페인어 공부를 시작했다. 전에 다니던 회사에서 수업을 들으며 친해진 스페인어 선생님에게 급하게 SOS를 보냈다. 간단한 일상 회화 정도는 할 수 있게 도와달라는 '요구'였다. 동갑내기였던 모니카 선생님은 흔쾌히 웃으며 일단 해보자고 했다. 그렇게 한 달을 집중적으로 스페인어를 배워 여행하는 친구들을 대표해 자신 있게 스페인어를…, 했을 리가 없다! 한밤중에 소파 베드를 펴주러 온 젊은 아파트 관리인에게 기립 박수를 치면서 "무이 비엔!!(잘했어)"을 반복해 외쳤을 뿐 스페인어를 쓸 일은 전혀 없었다.

일단 현지인들이 속사포처럼 쏟아내는 말이 들릴 리도 만무했고, 어설프게 아는 척 입이라도 뗐다가는 와르르 쏟아지는 말 폭탄에 차라리 모르는 척 입을 떼지 않는 게 낫겠다 생각했다. 그 이후로 여행을 갈 땐 자연스럽게 언어 담당이 되어 현지어로 '물' 정도는 외워서 갔다. 터키 파묵칼레에서 카파도키아로 이동하는 야간 버스 안에서는 아무리 "워터"를 간절히 외쳐도 버스 차장이 뜨거운 차만 자꾸 내미는 통에 숨이 넘어갈 뻔했던 동행인을 '수(su)'라는 단어 하나로 구해내기도 했다. 터키어로는 '수'가 물이다. 음식이 짠 편인 유럽에서는 '소금'이라는 단어를 외워 가도 유용하다. 프랑스어로는 '셀(sel)', 스페인어로는 '살(sal)', 독일어로는 '잘츠(salz)'다. "노(No) 셀/살/잘츠"라고 말하고 손을 마구 휘젓거나 양손으로 엑스를 그리면 된다.

결국 속성 스페인어 수업은 현지에서 전혀 빛을 보지 못했고, 이후에 서교동의 대안연구공동체에서 하는 스페인어판 『어린 왕자』 읽기 반에 등록해 몇 개월을 더 배웠다. 나의 스페인어는 늘 동사 시제 변화에서 막혀 제자리로 돌아온다. 그 후 스페인어 수업 동기들과 독서 모임을 만들어 안암동의 작은 책방에서 몇 개월간 책 토론 모임을 가졌다. 하지만 그것도 책방이 몇 개월 만에 문을 닫으면서 스페인어 수업에서 시작된 모임도 자연스럽게 해체됐다.

"경영, 공부 너무 열심히 하지마." 카피라이팅 수업의 선생님은 이 모임 저 모임 여러 곳에 다리를 걸쳐 놓고 공부하는 나에게 언젠가 이렇게 말한 적이 있다. 하지만 그때나 지금이나 미래는 불안하고, 지금 하는 일은 더 잘하고 싶고, 하고 싶은 공부는 너무 많고, 그래서 나의 불안감과 욕심은 나를 자꾸 공부하게 만들었다.

2년 반 동안 만들던 항공사 잡지가 휴간에 들어간 건 코로나 대유행이 시작되고 5개월 만이었다. 팀이 해체되고 팀원 대부분이 (타의로) 회사를 그만뒀다. 덕분에 공부할 시간은 많아졌다. 우선 청주에 사는 대학원 동기와 카카오톡으로 영어 스터디를 시작했다. 둘 다 번역대학원을 졸업해 직업 번역가로 살고 있지만 어떻게 하면 영어를 잘할까 늘 고민하는 사이였다. 우리끼리니까 터놓고 바닥을 드러내지, 어디 가선 말하기 힘든 고민이었다. 처음에는 TED 강연으로 가볍게 출발했다. 유튜브에서 재미있는 강연을 찾아 반복해 듣고 마음에 드는 구간을 2분 정도 받아 적은 노트를 매주 수요일 카카오톡으로 인증했다. 도저히 들리지 않는 구간은 자막과 대조하며 빨간 펜으로 수정을 했다. 그 외에도 넷플릭스의 드라마와 영화, 미국 시상식 영상, 대학 졸업 연설, 3개월간 알코올과 커피를 끊는 챌린지 칼럼 등 스터디 자료는 그때그때 달랐다. 줌으로 하는 원서 읽기 수업도 시작했다. 영어 번역가로 일한 지는 거의 10년이지만, 여전히 영어는 어렵고 두렵다. 3년 가까이 원어민과 함께 일했건만 외국인 앞에서는 여전히 긴장된다. 번역가라는 이유 하나만으로 오래된 여행 모임 '폭식로드'에서 언어를 담당하고 있지만, 여행 외국어는 그다지 긴 말이 필요 없다. 그리고 긴 영어가 흘러나올 땐 귀 막힌 나를 대신해 폭식로드의 눈치 빠른 언니가 필요한 정보를 기막히게 캐치해 낸다.

코로나 이후 확실히 바뀐 공부 풍경이라면 오프라인 수업이 줌 수업으로 바뀌면서 어느 도시에 살든 원거리로 편하게 공부할 수 있게 된 것이다. 덕분에 충청도며 경상도에 사는 친구 모두 불러모아 듣고 싶은 수업을 함께 듣고 있다. 유튜브에도 보석 같은 채널이 많다. 미국에서 통역가로 일하며 일상에서 쓰는 영어 표현을 알려주는 소피반 선생님,

영어만큼 한국어도 잘하는 마이클 엘리엇 선생님, 일명 빨간 모자 선생님의 라이브 아카데미 채널도 열심히 듣고 있다. 국내에서 통역가로 일하는 김태훈 선생님의 'Bridge TV', 웃다가 시간 다 가는 김교포 선생님의 채널까지 "이게 공짜라니!" 싶은 채널이 너무나 많다. 캐나다인과 한국인 커플이 영어로 진행하는 '2hearts1seoul' 채널도 머리 말리거나 밥 먹는 동안 자주 틀어놓는다.

4월에는 자연을 산책하며 영감을 얻는 '아티스트 데이트' 수업을 시작했다. 미국 작가 줄리아 카메론이 『아티스트 웨이』라는 책에서 자기 속의 창의성을 찾기 위해 제안한 두 가지 방법 중 하나였다. 월요일 아침 10시에 수성동 계곡, 부암동 백사실 계곡, 선유도에 가서 혼자 또는 함께 걸으며 미리 나눠준 봉투에 나뭇잎과 꽃잎을 주워 담고, 주운 꽃잎을 그리고, 계단에 앉아 책을 낭독하고, 또 선생님이 정해 주는 주제로 글을 썼다. 선생님은 50장쯤 되는 풍경 엽서를 화투장처럼 차르륵 펼쳐놓고 버지니아 울프의 '혼자만의 방'처럼 자신의 집필실이 있었으면 하는 풍경 하나를 고르라고 했다. 나는 모네가 그린 코펜하겐의 나무숲을 골랐다. 오직 커다란 나무만 있는 푸른 숲. 그 뒤 10분 동안 내 집필실을 상상하며 글을 썼다.

“나의 작업실은 성북동 언덕 위에 있다. 막 출판사를 시작한 선배와 함께 쓰는 작은 공간. 통유리창 너머로 산이 내다보이고, 가운데에는 커다란 공용 테이블, 창가에는 1인용 책상이 놓여 있다. 함께 일하고 싶은 날은 중앙 테이블에서, 혼자 조용히 일하고 싶은 날은 창가 책상에서 일한다. 싱크대 뒤쪽으로 각종 커피 도구를 가져다 뒀고, 싱크대 옆쪽으로 난 커튼을 젖히면 작은 침실로 연결된다. 작업에 속도가 붙어 일이 늦게 끝나는 날이나 망원동 집으로 가기 귀찮은 날은 이곳에서 자기도 한다. 이번에 번역하게 된 책은 달리기에 관한 책이다.”

코펜하겐은 아직 못 가봤고, 성북동 작업실도 망원동 집도 없으며, 달리기 책도 의뢰받지 않았지만 저렇게 쓰고 보니 어떻게든 다 이루고 싶어졌다. 이사 온 지 1년이 지나도록 새 동네를 돌아볼 생각은 못 했는데, 요즘 아티스트 데이트를 하면서 안 가본 이 골목 저 골목을 괜히 들쑤시고 다닌다. 유튜브에서 보고 꽤 오래전부터 가보고 싶었던 이태원의 브런치 식당에 가서 오픈샌드위치를 먹고, 언덕 위의 새로운 카페를 찾아가 보기도 하고, 한 번도 가보지 않은 동네 도서관을 찾아가 책을 빌리기도 한다. 창의성이 돌아왔는지 아닌지는 모르겠지만, 요즘은 무슨 일이든 저지르고 싶은 마음이 들기 시작했다. 좋은 신호다.

줄리아 카메론의 책에 나오는 창의성을 찾는 나머지 한 가지 방법은 아침에 일어나자마자 노트에 세 페이지씩 글을 쓰는 '모닝페이지 글쓰기'다. 3월 마지막 날부터 혼자서 모닝페이지 글쓰기를 시작했다. 쓰는 감각을 느끼는 게 중요한 까닭에 반드시 컴퓨터가 아닌 손으로 써야 한다. 처음 3일 정도는 손가락에 힘이 잘 들어가지 않아 절반은 컴퓨터로, 절반은 손으로 글을 썼다. 얇은 펜으로 쓰다가 굵은 펜으로 바꿔 쓰고 까만색으로 쓰기 시작했다가 파란색으로 바꿔 쓰는 등 세 페이지를 채워야 하는 고통이 노트 위에 그대로 남아 있다. 쓸 말이 없으면 '쓸 말이 너무 없다'라고 반복해 쓰더라도 세 페이지를 채우는 게 중요하다.

몇 년간 독서 모임을 하며 2주에 한 권씩 책을 읽고 토론했다. 요즘은 대면 모임이 힘들어져 카카오톡 채팅방이나 줌에서 모인다. 최근에는 초등학교 친구, 카피라이터 시절

선배, 지난 회사 동료들까지 거의 끊어질 뻔했던 인연들과 새로운 독서 모임을 시작하게 됐다. 코로나는 인간관계를 단절시키기도 했지만 다시 이어주기도 한다.

별자리를 가르치는 언니는 별자리 차트상 내가 지금 겨울에 들어와 있는 거라고 했다. 봄을 준비하며 스스로를 갈고 닦는 시간. 5월에는 혼자 시작했던 모닝페이지 수업, 명법스님이 줌으로 진행하는 명상 수업을 듣고 그래도 여유가 되면 별자리 수업도 들을 생각이다. 달리기 책도 의뢰가 오지 않으면 어떻게든 찾아서 번역하고, 코펜하겐을 위한 여행 적금도 들고, 번번이 제자리걸음이었던 스페인어 동사 시제의 벽도 넘고 싶다. 지난겨울은 나에게 겨울 속의 겨울이었다. 춥고 외롭고 초조하고 괴로웠다. 지금 이 시절도 어느새 지나고 모두에게 봄이 오리라 믿는다. 내년에는 코펜하겐 공원에 누워 칼스버그를 마시며 책을 읽고 싶다. 나의 겨울을 잘 헤쳐가 보리라.

(김경영)

4. 맛

여행의 기억이 떠오를 땐, 현지식 즐기기

2년 전 독서 모임에서 『최강의 식사』를 함께 읽으며 저자가 말하는 '방탄 커피'라는 게 궁금해졌다. 레시피를 따라 하려면 커피 외에 두 가지 재료가 더 필요했는데, 온라인 쇼핑 사이트에서 적당한 상품을 찾아낸 멤버가 링크를 공유해 준 덕분에 나를 비롯한 여러 사람들이 별 고생 없이 각자 집으로 배송 주문을 넣었다.

얼마 지나지 않아 택배가 도착했다. 먼저 뜨거운 물로 믹서를 데워주고, 좁은 사육장의 옥수수 사료 대신 방목지의 풀을 뜯고 자란 소의 젖으로만 만든 목초 버터 그리고 팜유를 섞지 않고 코코넛에서만 추출한 MCT 오일을 넣고 뜨거운 커피와 함께 갈았다. 결과물은 고소하고 풍성한 거품이 가득한 카페라떼 같았다. 다들 예상보다 맛이 좋다고 품평을 했지만 효과에 대해서는 반응이 엇갈렸다.

그때 방탄 커피를 함께 맛본 멤버 중에서 지금까지 마시고 있는 사람은 나뿐이다. 나는 여전히 방탄 커피의 맛과 효과에 반해 있다. 2년 간 반복한 루틴이지만 아침에 출근해서 갓 추출한 커피로 만든 신선한 방탄 커피를 한 모금 삼킬 때면 아직도 "음~"하는 감탄사가 따라 나온다. 기분 탓일 수 있지만 다 마시고 나면 에너지가 확 차오르며 찌뿌둥하던 머리가 맑게 개는 것 같다. 요즘 집에서는 맛은 덜하지만 간편한 완제품을 사다가 전자레인지에 데워 먹고, 사무실에 출근하는 날에만 제대로 제조를 해서 먹는다. 덕분에 주말을 다 보내고 일요일 저녁이 되어도 예전보다 덜 우울해지는 부가적인 효과도 생겼다. 출근은 싫지만 신선한 방탄 커피는 기다려지니까.

탄수화물 대신 지방을 많이 먹는 '키토식'도 그때 함께 시작했다. 스테이크도 담백한 안심보다는 기름기가 많은 등심을 좋아하고, 느끼한 음식도 즐기는 입맛이라 불편할 것은 없지만 그래도 매끼 탄수화물보다 지방을 많이 먹는 건 쉽지가 않다. 일상적으로 드나드는 식당에서 밥과 면, 튀김을 제외한 메뉴를 찾기가 힘들다. 회사에서 동료들과 점심을 먹을 때면 대충 백반류를 주문하고 정제된 밥을 먹지 않는 정도로 타협을 하는데, 공깃밥을 도로 물리는 행동만으로 같이 밥을 먹는 사람과 밥을 내오는 사람을 불편하게 만드는 것 같아 내 마음도 편치가 않다. 그럼에도 불구하고 나는 왜 이걸 계속하고 있는 걸까.

어떤 음식을 먹느냐 하는 선택은 경험에 따라 변한다. 생각해보면 나는 어릴 때 짠맛을 참 좋아했다. 짜고 매운 맛이 가득한 경상도 식탁에서 매운 것을 못 먹는 아이가 짭짤한 음식을 좋아하게 된 건 자연스러운 결과가 아닐까. 이후 청년기가 되어 서울에 왔더니 이곳은 단맛의 천국이었다. 달달한 양념 돼지 갈비에 새콤달콤한 막국수, 달짝지근한 칼국수 국물에 매콤달콤한 겉절이, 단짠단짠한 밑반찬의 백반을 먹고 나와서는 달콤한 초콜릿 디저트로 입가심까지 했다. 직장에 들어가서 사오십대 부장님들과 반주를 시작하고 나서야 짜거나 달지 않은, 심심한 맛의 음식에 접근할 수 있었다. 평양냉면과 수육, 닭 한 마리와 복국, 각종 구이와 찜 요리 등 양념맛보다 재료 본연의 맛을 느낄 수 있는 음식은 대체로 식사가 아니라 비싼 요리 메뉴에 들어간다는 것도 알게 됐다.

법인 카드의 지원을 받아 다양한 요리를 섭렵하며 각기 다른 고기의 맛과 다양한 채소의 맛을 제대로 구분할 수 있게 됐을 때쯤 나는 회사를 그만두고 긴 여행을 떠났다. 그리고 그곳에서 소스라는 것이 등장하기 이전 시대를 경험했다. 냄비와 프라이팬, 수저 정도가 전부인 공용 주방에서 식사를 준비하는 장기 여행자에게 요리 재료라곤 소금과 기름이 전부였다. 한번은 생식을 하는 여행자와 며칠을 함께 다녔는데, 그날의 식사라며 커다란 피망 하나를 쓱쓱 닦아서 조그맣게 한 입 깨물고 천천히 음미하는데 얼마나 맛있게 먹는지 나도 한 번 따라 해 보고 싶을 정도였다. 언젠가 나도 그 단계를 경험할 수 있을지 모르겠지만, 그때 이후 채소를 먹을 때 소스를 찍지 않는 정도는 실천해 보고 있다. (저탄고지 식단을 시작할 때 남들보다 쉽게 적응할 수 있었던 이유도 탄수화물이 많이 들어간 달콤한 소스를 이미 멀리하고 있었기 때문인 것 같다.)

여행을 다닐 때는 가능한 현지 음식을 먹어보려고 했다. 사람보다 소가 많다는 아르헨티나에서 백반처럼 자주 먹었던 '진짜' 스테이크 샌드위치와 맥주 세트. 계속 비가 내리던 페루 마추픽추에서 원주민 상인들을 따라 맛본 뜨끈한 감자 고기 국밥. 알콜이 금지된 모로코 페스에서 중독되다시피 마셨던 무알콜 모로칸 위스키 박하차. 아프리카 야생 사파리 여행의 별미 임팔라, 스프링복, 악어 모둠 스테이크. 칠레 농장에서 맛본 '과즙 팡팡' 갓 딴 체리 한 봉지. 세상의 끝이라 불리는 우수아이아 바다에서 자란 양손이 빠질 듯 무거운 킹크랩 등 현지 음식의 기억은 쉽게 잊히지 않는다. 아니, 겨우 한두 번의 경험만으로도 취향까지 바꿔놓는다.

작년 여름 이베리코 돼지고기 삼겹살을 100원에 구매할 수 있다는 광고 때문에 '마켓컬리'에 가입했다가 페이지마다 포진해 있던 희귀한 이름의 음식에 혹해 이것저것 주문을 했다. 코로나에 발은 묶였지만 클릭 하나로 낯선 현지식을 맛볼 수 있다는 걸 왜 생각 못 했을까? 치미추리 후무스, 고등어 필렛 칠리 브루스케타, 시칠리안 바질 페스토, 모로칸 치킨 라이스볼, 씨푸드 잠발라야, 로메스코 소스 스테이크, 메밀 갈레트, 땅콩 호박 라구, 청어알 들기름 카펠리니 파스타, 태국식 카오카무, 관서식 스키야키, 커스타드 크로칸슈, 사천식 마라샹궈. 머나먼 곳에서 온 것 같은 강렬하고 자극적인 이름들이었다. 도다리 쑥국, 청도 미나리 삼겹살,

특대형 통영 굴과 쌈장이 든 대구 막창, 곤드레 비빔밥과 광양 불고기, 군산 갑오징어 볶음과 아귀찜, 콩 향 가득 전통 안동 국시, 제주 톳 보리밥, 자갈치식 관자품은 불고기. 분명 익숙한 한국어지만 가보기 힘든 저 먼 곳을 연상시키는 낯설고 이국적인 이름들까지 합심해 내게 유혹의 손길을 뻗쳐 오니 당장 맛보고 싶고 설명만으로는 알 수 없는 향을 맡아 보고 싶어 안달이 날 정도였다.

"요리는 상상이다." 항상 새로운 맛집을 찾아다니며 신기한 요리를 만들어 내던 친구가 강조했던 말이다. 이 재료와 저 소스가 만나 어떤 맛을 낼지 상상하면 흥분되지 않느냐고. 그게 무슨 말인지 알 것 같았다. 마켓컬리에서 만난 희귀한 이름들은 『이상한 나라의 앨리스』의 시계 토끼처럼 갑자기 나타나 나를 치킨, 피자, 회, 족발, 햄버거, 중국 음식의 도돌이표에서 이탈해 탐험의 길로 들어서게 만들었다. 그리고 평소 가지 않던 길로 벗어나고 보니 익숙하지 않은 음식이 그동안 생각보다 가까이에 있었다는 걸 알게 되었다.

이제는 자주 그리고 쉽게 안 먹어 본 메뉴에 손이 간다. 모르는 맛을 상상해 보고 직접 확인해 보는 새로운 습관이 생긴 것이다. 경험은 또 다른 경험을 낳는다. 내 입으로 먹어보며 알게 된 것들이 쌓여가면서 나의 세계도 조금씩 확장되는 느낌이다. 그 느낌이 좋아서 계속 새로운 먹거리를 시도하나 보다. 고수도 양고기도 몰랐던 시절에도 사는 데 별 지장은 없었지만 그냥 한번 먹어보는 것으로 자신의 취향을 확인하고 확장시킬 수 있다니 신나지 않는가. 일단 먹고 보자.

요즘들어 여행의 기억이 떠오를 때면 연관되는 음식을 찾아 먹는다. 하늘이 너무 파랗고 해가 쨍쨍해 발리 리조트 선베드에 누워있고 싶은 날에는 잘 익은 바나나 하나를 썰어 접시에 담고 누텔라 한 스푼을 더해 바나나 스플릿을 만든다. 창가에 앉아 한 입 맛보면 절로 미소가 지어지고 귓가엔 파도 소리마저 들리는 것 같다. 우중충하게 비가 내리는 날에는 냉동실에 있던 바쿠테를 한 봉지 꺼내 냄비에 넣고 팔팔 끓인다. 돼지갈비 국물에 고수를 팍팍 넣어주는 순간 온 집안이 동남아의 향으로 가득 차고, 파타야 고속버스 터미널에서 20년 지기 친구들과 홀딱 젖은 채로 쌀국수를 먹던 그때로 돌아가 행복해진다.

쇼핑몰을 둘러보다가 간혹 여행의 추억과 맞닿은 음식을 발견하면 일단 장바구니에 담아둔다. 마침 세일까지 하는 아이템은 바로 주문해서 냉동고에 쟁여두는데, 그럴 때면 본가의 냉장고를 열어보고는 꽉꽉 채워 오래 저장하지 말고 필요할 때 구해 드시라고 잔소리하던 내 모습이 떠올라 민망해진다. 그동안 부모님은 내게 얼마나 알려주고 싶었을까. 좋아하는 음식을 저장해 두는 건 신선도나 영양소 같은 걸로는 따질 수 없는 즐거움이라는 것을. 나이가 들수록 시시때때로 떠오르는 음식이 인생의 경험치처럼 쌓여, 더 큰 냉장고가 필요해진다는 사실을 이제야 알게 되었다.

익숙하지 않은 음식으로 나름 소소하지만 흥미로운 일상을 만들어가려고 노력하고 있지만 요리에 자신이 있는 건 아니다. 블로그와 유튜브에서 맛보고 싶은 메뉴를 발견하고 열심히 흉내를 내보더라도 어떤 재료와 어떤 소스가 어울리는지, 꼭 필요한 절차인지 아닌지는 아직도 헷갈리고 어렵다. 그렇게 어렵사리 만든 요리가 상상보다 못한 맛이 날 때는 좌절감도 크다. 그래도 다 방법이 있고 요령도 생기는 게 아니겠는가. 인터넷에서 완제품이나 밀키트를 주문하면 고민할 여지도 없고 실패할 우려도 없다. 조리법이라곤 전자레인지 혹은 에어 프라이어에 넣고 데우기만 하면 된다.

쇼핑몰에서 부모님 입맛에 딱 맞을 것 같은 완제품과 밀키트를 발견한 날, 자신있게 식사하러 오시라고 전화를 드렸다. 고소한 생선전과 감칠맛 나는 삼색 나물, 시원한 소고기뭇국에 바삭한 연어스테이크를 곁들여 내자 제법 먹음직스러운 상차림이 되었다. 집에서 가스레인지를 못 쓰던 때라 부모님도 음식을 데워서 내놓기만 한다는 걸 알고 계셨겠지만 그게 문제가 되진 않았다. 후식으로는 프랑스 노르망디 사과 타르트를 에어프라이어에 살짝 데워서 내놓았는데, 갓 구운 듯 강렬한 향을 발산해 부모님의 후각까지도 사로잡았다. 그야말로 화룡점정이었다. 그날 저녁 대구 막창을 안주로 혼술 타임을 가질 때는 패키지에 들어있던 된장소스에 특별히 쫑쫑 썬 쪽파를 추가하는 것으로 스스로를 칭찬해 주었다. 마무리까지 완벽한 최고의 날이었다.

최근엔 아보카도를 곁들인 음식에 빠져있다. 아프리카 여행에서 만난 멕시코 친구가 전수해준 비법대로 토마토와 아보카도를 깍둑 썰고 소금과 레몬을 조금 넣어 과카몰리를 만들어 먹는다. 고기와 키토 빵에 어울리는 상큼한 메뉴다. 부모님이 많이 샀다고 나눠주신 명란젓은 아보카도를 슬라이스해서 양상추 더미 위에 올리고 참기름과 김 가루를 뿌려서 쓱쓱 비벼 먹는다. 도쿄 여행 때 맛본 명란만큼 고소하고 감칠맛이 난다. 가끔 이도 저도 귀찮을 땐 냉동 아보카도와 바나나, 아몬드유를 믹서에 넣고 신나게 갈아준다. 빨간 벽돌이 멋스럽던 LA의 유기농 카페에서 맛본 스무디가 부럽지 않다. 이렇게 나의 소소한 현지식 따라하기는 계속되고 있지만, 이러다 따라 할 밑천이 다 떨어질까 가끔 두려워진다. 오래오래 즐겁게 이 습관을 유지하려면 이쯤에서 새로운 경험을 추가해줄 필요가 있을 텐데, 새로운 현지식은 언제 다시 먹을 수 있으려나.

요즘 '저탄수'라는 이름이 붙은 베이커리와 분식 메뉴에 자꾸 손이 가는 걸 보니 슬슬 저탄고지 식단도 멈출 때가 된 것 같다. 내가 그 식단을 유지해온 이유는 그저 다음 탐험 목표가 아직 정해지지 않았기 때문이 아닐까? 최강의 식사와 마켓컬리 다음에는 무엇이 기다리고 있을까? 두근거리는 마음으로 미지와의 조우를 고대해 본다. 일단 지금은 주말 메뉴를 고민할 시간이다. 먹고 싶은 음식을 잔뜩 담아 둔 장바구니를 열어보는 것만으로도 오늘은 충분히 즐겁다.

(차매옥)

5. 영화 & 드라마

화면으로 만나는 뉴욕과 파리

일본인들에게는 '파리 증후군'이라는 질병이 있다. 유난히 프랑스 파리를 좋아하는 일본인들이 낭만적으로 꿈꾸었던 파리에 여행 가면 개똥 천지에 더럽고 냄새나는 현실을 맞닥뜨리고는 충격을 받는데, 이를 가리켜 '파리 증후군'이라고 한다. 이처럼 여행지 중에는 내가 기대하고 상상했던 것과 달라서 실망스러운 곳들이 있다. 나에게도 파리가 그랬고, 그리고 또 뉴욕이 그랬다.

향수를 좋아하다 보니 향수 문화가 시작된 파리가 역사적으로 얼마나 냄새나고 더러운 도시였는지는 익히 알고 있었고, 일본인들처럼 파리의 낭만을 꿈꾸지도 않았다. 그럼에도 파리는 공항에 도착한 순간부터 불쾌한 경험을 선사했다. 친구와 함께 공항 검색대를 통과하는데, 나만 붙잡더니 온몸을 샅샅이 수색하는 것이 아닌가. 신발을 벗기고 벨트를 풀고, 심지어 여경이 브래지어 봉제선까지 전부 매만졌다. 당황해서 왜 이러느냐고 물어도 굳은 표정으로 대답해주지 않고 내 여권을 압수해 어딘가로 다녀온 그들은 그제야 미안하다는 말 한마디 없이 턱짓으로 가보라고 했다. 한국에서라면 불같이 항의했겠지만 불어도 영어도 안되는 나는 말 한마디 못하고 공항을 빠져나왔다.

이렇게 시작부터 불쾌했던 파리에서 가장 힙하다는 마레지구에 갔을 때 또 한 번 분통 터지는 경험을 했다. 오래 돌아다녀 부르튼 발도 좀 쉬고 커피도 마시려고 마레지구 초입에 있는 카페에 들어갔다. 그런데 우리가 자리에 앉은 지 40분이 지나서야 종업원이 주문을 받으러 왔다. 처음에는 야외석에 손님들이 많아 우리를 못 본 거라고 생각했다. 그런데 모든 주문과 서빙이 끝나고 할 일이 없어 카운터에 서서 메뉴판을 보며 시간을 때우면서도 백인 남자 종업원은 우리 쪽으로 오지를 않았다. 물론 그사이에 우리는 몇 번이나 손을 들고 그를 부르고 눈을 맞추었지만 그는 못 본 척을 했다. 확실한 인종 차별이었다. 우리는 오기가 났다. '그래, 우리가 돈 쓰러 왔는데 주문 안 받겠다면 우리도 여기서 공짜로 공간 사용할 거다'라는 마음으로 노트를 꺼내 여행기를 쓰고 쉬었다. 40분이 지나자 우리 옆자리에 여행객임이 분명해 보이는 백인 아버지와 아들이 들어와 앉았고, 그제야 그 옆자리에 있던 우리를 모른 체하기 곤란해졌던지 종업원이 메뉴판을 가져다 주었다. 그런데 그게 끝이 아니었다. 던져주다시피 내려놓은 커피를 마시는데 혀에 뭔가가 걸렸다. 꺼내 보니 종잇조각이었다. 주문서가 컵에 빠진 걸 모르고 커피를 따른 것 같았다. 한마디로 '빡친' 내가 직접 커피잔을 들고 가서 바리스타의 눈앞에서 커피에 절여진 종잇조각을 꺼내 흔든 다음에야 세상 꼿꼿하던 백인 종업원은 우리에게 고개를 숙였다. 그때도 지금도 자랑할 거라고는 백인에 남자라는 알량한 우월감뿐이었을 그 남자가 측은하지만, 지금 떠올려도 뒷골이 당기는 인종 차별 경험이었다. 꽤 오랜 시간 세계의 여러 도시를 여행했지만 인종 차별이라고 부를만한 경험을 한 적이 별로 없었는데, 두 번의 인종 차별을 전부 파리에서 당했다.

나는 파리가 낭만적인 도시라는 환상은 없었지만, 프랑스 혁명이 일어난 자유와 연대의 도시라는 환상은 있었던 모양이다. 수시로 파업이 벌어지지만 그 파업을 비난하는 게 아니라 같이 연대하고 불편함을 감수한다기에 파리 시민은 친절하리라 착각했다. 하지만 내가 본 파리 시민들은 대체로 찌푸린 얼굴을 하고 있었고 차가웠다. 물론 친절하고 유능한 종업원들도 많았지만, 그들은 우연히도 전부 유색인종이었다. 파리에서 지내면서 연대와 친절 사이에는 상관관계가 별로 없다는 사실을 깨달았고, 자유란 스스로의 삶을 책임지는 것이기에 '자유로운 파리 시민'들은 남에게 친절을 베풀 여유나 이유는 없는 것이 아닐까 하는 생각을 했다. 내 주변에는 파리를 좋아하고, 파리에서 평생 살고 싶다는 친구도 있지만, 나에게 파리는 차갑고 무뚝뚝하며 인종 차별이 횡행하는 도시였다.

뉴욕 여행을 갈 당시, 나는 미드 《섹스 앤 더 시티》를 보고 뉴욕에 대한 환상을 키웠다. 센트럴 파크, 줄줄이 늘어선 브라운 스톤 건물들, 야외 테라스에서의 브런치, 베이글과 스타벅스 커피를 들고 출근하는 뉴요커, 첼시와 소호의 갤러리들이 내가 뉴욕에 대해 갖고 있는 이미지였다. 그것들을 경험해보겠다고 통장 잔고를 탈탈 털어 무려 3주나 뉴욕에 머물렀다. 브루클린 다리를 걸어서 건너고, 브런치도 먹고, 첼시의 갤러리도 구경하고, 뉴욕 필하모닉 오케스트라의 연주도 들었다. 영화나 드라마에서 본 뉴욕을 배경으로 하던 모든 것을 다 해봤지만, 이상하게도 뉴욕은 나에게 서울처럼 느껴졌다.

내가 뉴욕에 가서 받은 첫인상은 '영어 참 못하네'였다. 식당의 종업원들이 대부분 영어를 모국어로 쓰는 사람들이 아니었다. 영어를 못 하는 나에게는 오히려 편한 부분이었는데, 생각해보면 이것이 뉴욕과 서울의 공통점 같았다. 세계 최고의 도시 뉴욕에는 세계 각지로부터 꿈과 환상을 갖고 몰려든 청년들이 매장 종업원이나 식당 알바로 생계를 꾸려 나간다. 그런 사람들이 고급 영어를 구사하기는 쉽지 않을 것이다. 서울 또한 한국 최고의 도시로 각지에서 많은 청년들이 성공을 꿈꾸며 올라오고, 정작 그 청년들의 생활은 반지하와 옥탑방을 오가며 알바로 근근이 꾸려가는 삶을 살고 있다. 나 자신도 성공해보겠다고 서울로 올라온 지방민이기 때문에 잘 안다. 처음 서울에 올라와서는 정작 이곳

출신보다는 사투리 억양이 남아있는 지방민을 더 많이 봤다. 뉴욕도 뉴욕 토박이들로 돌아가는 도시가 아니었다. 영화나 드라마에서 본 뉴욕은 아름다운 풍경 속에 멋진 배우들이 근사한 영어를 구사하는 도시였으나, 실제로 만난 뉴욕은 똑같은 풍경을 노숙자와 이민자들과 관광객들이 채우고 있었다.

뉴욕과 파리는 세계 수많은 사람들이 평생에 한 번은 가보고 싶어 하는 도시다. 여행객들이 많이 몰리다 보니 그곳에 거주하는 시민들 입장에서는 여행객들이 귀찮고 걸리적거리는 존재였을 것이다. 평소에 관광객들을 경원시했던 뉴욕 시민들이 9.11이 일어나고 여행객이 뚝 끊긴 도시에서 이제까지 뉴욕의 활기를 책임졌던 사람들이 바로 여행객이었음을 뒤늦게 깨달았다는 이야기도 들었다. 어쩌면 파리 시민들의 무뚝뚝함도 관광 도시에 사는 시민들의 일반적인 태도일지도 모르겠다. 어쨌든 뉴욕과 파리라는 세계적인 대도시가 지방에서 서울로 올라온 나에게는 서울 같았다. 그러니 굳이 다시 가고 싶지는 않았다.

대신 나는 파리와 뉴욕을 화면으로 즐겼다. 코로나가 장

기화되면서 나도 남들처럼 넷플릭스, 왓챠 등을 구독하기 시작했다. 어느 날 밤, 왓챠의 첫 화면을 훑다가 《뉴욕 라이브러리에서》를 눌러보게 되었다. 좋은 다큐멘터리라는 이야기는 들었지만 러닝타임 세 시간의 긴 작품이라 좀처럼 마음을 낼 수 없었는데, 그날 이부자리에 누워 화면으로 본 뉴욕 공공도서관은 흡족한 곳이었다. 실제 그 도서관에 들어가서 녹색 티파니 스탠드 앞에서 책을 꺼내 봤던 기억이 새록새록 떠올랐고, 마치 내가 그 도서관에서 유명 석학들의 강의를 듣거나, 도서관 사서가 되어 기획 회의에 참여하는 기분이 들었다.

넷플릭스의 다큐 《도시인처럼》도 봤다. 프란 레보비츠라는 멋진 할머니가 나오는데, 그녀가 평생 겪었던 뉴욕을 주제별로 7회에 걸쳐 이야기해준다. 이런 인문학적인 이야기를 이렇게 위트있게 풀어줄 수가 있나 감탄하며 봤다. 만약 내가 실제 뉴욕에 가서 그녀를 만난다고 해도 그녀가 구사하는 유머의 한마디라도 제대로 이해할 수 있었을까? 그러니 역시 뉴욕은 자막이 달린 화면으로 만나는 게 좋다.

그날 이후 나는 뉴욕이 나오는 영화들을 찾아보기 시작했다. 《브루클린의 멋진 주말》은 은퇴한 부부가 엘리베이터

없는 5층에 살기가 힘들어 집을 내놓고 이사하려는 이야기다. 그 과정에서 브루클린의 집, 맨해튼의 집 등 뉴욕의 수많은 집들을 구경할 수 있었다. 또 다른 영화《프란시스 하》에서는 불안한 청춘들이 세 들어 사는 원룸과 주말 파티, 뉴욕의 거리들이 흑백 화면으로 펼쳐진다.

뉴욕 하면 빼놓을 수 없는 감독이 우디 앨런이다. 1970년대부터 끊임없이 뉴욕을 배경으로 영화를 만들던 그는 노년에 이르러 세계 곳곳의 멋진 도시를 다니며 유명 배우들과 영화를 찍고 있다. 아름답기로는 둘째가라면 서러울 티모시 샬라메를 데리고 비 오는 센트럴 파크에서《레이니 데이 인 뉴욕》을 찍었고, 오웬 윌슨을 데리고 1920년대 파리의 벨 에포크 시대로 타임슬립 하는《미드나잇 인 파리》를 찍었다.《미드나잇 인 파리》는 1920년대의 텅스텐 조명 가득한 파리의 밤과 현재의 아름다운 파리의 낮을 교차해서 보여주는 본격 파리 관광 장려 영화다.

최근에는 넷플릭스에서《에밀리, 파리에 가다》라는 드라마를 매일 밤 아껴가며 야금야금 봤다. 이 드라마는《섹스 앤 더 시티》의 제작자가 만든 드라마로 20년 전 내가《섹스 앤 더 시티》를 보며 뉴욕을 꿈꿨던 것처럼 지금 청춘들은

《에밀리, 파리에 가다》를 보며 파리를 꿈꾸지 않을까 싶을 정도로 파리의 풍경이 아름답게 담겨있다. 그리고 그 안에 일하고 연애하는 여자의 일상이 공감가게 그려져있다.

한국드라마의 오프닝은 죄다 해외 촬영이던 시절이 있었다.《발리에서 생긴 일》《파리의 연인》《프라하의 연인》 등 해외 지명을 제목에 드러낸 드라마들이 줄줄이 히트치기도 했다. 하지만 코로나 시대에 해외 촬영은 언감생심이다. 내가 드라마《며느라기》를 쓸 때만 해도 코로나가 금방 끝날 줄 알고 주인공 민사린의 출장지를 블라디보스톡으로 할까 쿠알라룸푸르로 할까 고민을 했었다. 그러나 결국엔 제주 출장으로 바꾸었다. 이처럼 요즘 한국 드라마에서는 해외 대신 해외 뺨치는 국내의 아름다운 곳이 등장한다. 그 덕분에 우리나라에도 이렇게 아름다운 곳이 있다는 것을 알게 되기도 한다.

예전 어느 드라마에서 홍대 앞 골목길이 나왔는데, 나는 내 눈을 의심했다. 매일 지나다니던 그 지저분한 골목길이 드라마 속에서 문근영과 장근석이 손을 잡고 뛰는, 그라피티 가득한 예술적인 골목으로 나왔기 때문이다. 확실히 영화나 드라마 속의 장소는 현실의 장소보다 아름답다. 카메라 렌즈를 통과하기 때문이든, 선남선녀가 사랑을 속삭이기 때문이든, 아름다운 음악이 받쳐주기 때문이든 간에 대개는 그렇다.

엄혹한 코로나 시대에 해외 여행지가 그리울 때는 그곳을 배경으로 하는 영화와 드라마를 찾아보며 그리움을 달래고, 그래도 안 되겠다 싶을 때는 한국 드라마를 찾아보며 그곳에 나온 멋진 장소를 직접 찾아가 보는 것은 어떨까? 솔직히 말한다면 나는 넷플릭스의 《좋아하면 울리는》을 보고, 정독도서관 앞의 언덕길을 오르내렸다. 《동백꽃 필 무렵》의 구룡포, 《대박 부동산》의 익산 구룡마을 대나무 숲도 언젠가는 찾아가 볼 작정이다. 그러다 보면 코로나가 끝나고, 해외 촬영지로 날아갈 수 있는 날도 오겠지. 뉴욕과 파리를 빼고도 가보고 싶은 곳은 차고 넘치니까.

(이유정)

6. 처음

평소와는 조금 다른 길,
'오늘의 처음'

평소와 달리 여행 모드일 때의 나는 좀 더 유심히 주변을 관찰한다. 스쳐가는 순간에도 의미를 부여하고 낯선 상황도 되도록 긍정적으로 받아들이고 즐긴다. 어떤 변수나 돌발 상황이 발생하면 당황하는 것도 잠시, 즉각 대체 가능한 플랜B를 고민하고 실행에 옮긴다. 짧은 여행일수록 선택도 포기도 빠르다. 평상시와는 정반대의 모습이다.

보통 때는 모르는 사람이 말을 거는 게 싫어서 이어폰을 줄곧 끼고 있다. 시력이 안 좋은데도 안경을 잘 쓰지 않고, 눈이 서로 마주칠 일이 있다면 얼른 눈 대신 그 너머 언저리의 어딘가를 쳐다본다. 혼자 걸을 때는 걸음걸이가 빨라지고 성격은 그보다도 더 급해 걷다가 거울이라도 보게 되면 상체가 하체보다 저만치 앞서가는 게 보일 정도다. 낯선 사람과의 만남이나 대화도 꺼리다 보니 꼭 누군가에게 무언가 물어봐야 할 상황에서도 열 번은 고민하다 겨우 말을 건넨다. 나도 이런 성향을 가진 내가 썩 마음에 드는 건 아니다.

그러다 보니 여행지에서 마주하는 모든 것 가운데 가장 낯선 것은 나 자신이었다. 단 한 순간의 풍경도 놓치고 싶지 않아 렌즈 낀 눈을 빛내며 숨은그림찾기를 하듯 구석구석을 눈에 담았고, 건물 외벽의 그라피티나 거리의 맨홀, 식당에서 받은 잔돈과 남의 집 대문이 신기하다며 쉴 새 없이 카메라 셔터를 눌러댔다. 누군가와 눈이라도 마주칠라치면 국가대표 자격으로 이곳에 오기라도 한 듯 눈꼬리와 입꼬리를 살짝 들어 올려 면접용 표정을 지어 보였다. 그러면서 상대방이 먼저 인사를 하거나 말을 걸어주길 은근히 바라기도 했다. 대중교통을 이용하면서, 길거리를 걷다가, 상점에서 물건을 사다가 일어나는 모든 일들과 발생할 수 있는 모든 변수들이 나만의 여행 에피소드가 될 거란 믿음으로 눈도 귀도 마음도 활짝 열고 다녔다. 내게 여행이란 몰랐던 나 자신을 새롭게 발견하는 과정이었다. 그렇게 열심으로 눈에 불을 켜고 돌아다닌 탓에 숙소로 돌아가면 일기는 한두 줄 쓰다 만 채 꿈도 없는 깊은 단잠에 빠져들기 일쑤였다.

'여행과 일상을 가르는 가장 큰 차이는 어쩌면 세상을 바라보는 태도의 차이가 아닐까? 그렇다면 일상에서도 열린 마음과 호기심 어린 눈으로 하루를 보낸다면 나만의 당일치기 여행이 끊임없이 이어지지 않을까? 진짜 여행은 돈과 시간과 떠나고자 하는 욕망이 모두 채워져야 시작되지만 일상에서 여행자로 살아가기 위해 가장 필요한 것은 같은 것도 다르게 보는 시선과 안 하던 짓을 하려는 의지면 되지 않을까?' 어쩌다 떠오른 이 생각은 작은 시도를 거쳐 조금씩 단단해졌고 어느덧 나만의 소소한 신조로 자리 잡았다. 눈과 마음에 콩깍지를, 즉 여행자의 렌즈를 씌워 다니겠다는 다짐으로 나는 '오늘의 처음'을 기록하기 시작했다.

"동네에서 길을 잃었다. 환승 없이 한 번에 갈 수 있는 버스 대신 빙빙 돌아가는 초록 버스를 타보겠다고 생전 안 가본 정류장을 향하던 길이었다. 여기가 대체 어디지? 우리 동네에 이런 길이 있었나? 지도 앱에는 보이지 않았던 골목의 가파른 경사와 계단들이 살짝 당황스럽던 찰나, 초행길임에도 데자뷔처럼 익숙한 광경이 펼쳐졌다. 소박한 카페와 낡은 간판들, 오후의 볕을 머금은 채 길가에 핀 봄꽃들, 작은 세발자전거를 마구 구르며 타는 아이들, 대문 앞 조그만 의자에 지팡이를 짚고 다리를 벌리고 앉아 아이들을 지켜보고 있는 백발의 할머니. 할머니의 나른한 얼굴과 희미한 미소. 괜히 있지도 않은 추억까지도 강제 소환하고 그리워해야 할 것 같은 평화로운 풍경이었다. 약속 시간까지 여유도 있겠다, 어떻게든 큰길로만 나가면 정류장을 찾을 수 있겠지, 하는 마음으로 나는 그 길을 평소보다 천천히 걸었다."

미세먼지도 없이 맑은 어느 봄날에 만난 '오늘의 처음'이었다.

"토요일 오전의 독서 모임은 어딘가 여행을 떠올리게 한다. 읽는 책과 모이는 장소는 매번 다르다. 언제나처럼 휴대폰을 들여다보며 골목 어느 귀퉁이의 카페를 찾는다. 쓰레기 더미는 일정 간격을 두고 쌓여 있고, 오전의 그림자는 아직 길다. 한적한 거리를 걷다가 일상의 소음과 평온한 공기가 갑자기 길목을 채우는 듯한 느낌이 들 때면 나는 물먹은 듯 무거운 몸뚱이에서 깨어나 비로소 주위를 두리번거린다.

그 순간 나는 주말 아침 댓바람부터 나다니는 사람이 아닌, 오전부터 행복한 사람이 된다. 아직은 빈자리가 많은 카페에서 아메리카노를 주문하고 익숙한 사람들과 새삼 반가운 안부를 나눈다."

모임을 마치고 돌아가는 길에 드는 생각은 언제나 같았다. '오늘도 나오길 잘했다.' 대단치 않은 풍경이고 정기적으로 보는 사람들인데도 매번 신선한 느낌을 받는다는 것은 신기한 일이다. 이날에도 '오늘의 처음'은 어김없이 나를 찾아왔다.

독립 이후로 모임 하나가 더 늘었다. 1~2주에 한 번씩 있는 '모녀(母女) 모임'이다. 언제 어디서 만나 무엇을 먹을지 엄마와 함께 정하는 일은 매번 쉽지가 않았다. 우리네 엄마들은 왜 입맛도 취향도 까다로우면서 항상 '딱히 당기는 것 없다' '아무 데나 상관없다' '안 가봐서 잘 모르겠다'라고만 대답하는 것일까? 그런 엄마에게 '오늘의 처음' 동참을 촉구했다. 그리고 의미 있는 변화를 목도할 수 있었다.

로즈 와일리 전(展)은 둘이 같이 찾아간 첫 전시였다. 86세 영국 할머니 화가의 작품을 보면서 엄마는 나보다도 더 열심히 사진을 찍었고 오디오 도슨트를 들으며 종횡무진 전시관을 누비고 다녔다. 로즈 와일리 할머니 못지않게 귀엽고 열정적인 면을 엄마에게서 발견한 것 또한 그날의 '오늘의 처음'이었다.

"만화책을 도대체 왜 보는지 모르겠다"고 어릴 때부터 수천 번 말해오던 엄마를 모시고 최근엔 만화 카페를 다녀왔다. "경험하기도 전에 호불호를 얘기하지 말고 욕을 하더라도 일단 좀 겪어보고 해." 내 잔소리 때문인지 이미 긍정적인 효과를 경험한 덕인지 엄마는 한마디만 덧붙이고는 순순히 따라왔다. "예능 프로그램에서 봤는데 요새는 만화방에서 맛있는 것도 많이 팔더라." 들어서자마자 요새 같은 안쪽 자리에 짐을 내려놓은 엄마는 빠른 속도로 구석구석을 둘러보더니 어디서 찾아냈는지 모를 요리 책 세 권을 만화책 대신 들고 나타났다. 상기된 표정으로 엄마는 속삭였다. "저쪽 구석에 안마 의자도 있다!"

'오늘의 처음'은 어떤 풍경일 수도, 작은 반찬거리일 수도 있다. 주민세를 처음 낸 날, 분식집에서 처음 혼밥을 한 날, 카페에서 처음으로 책 한 권을 다 읽은 날, 동네 고양이를 처음 만지게 된 날, 새치 염색을 처음 한 날, 중고 서점에 처음 책을 팔아 본 날. 여행이 그렇듯 일상도 처음으로 가득하다. 그 사소한 시작을 메모하다 보면 의미 있는 기록이 된다. 귀찮으면 꼭 메모하지 않아도 좋다. '오늘 내가 처음으로 한 게 뭐더라?' 떠올리는 습관만 들여도 평소와는 다른 메뉴, 다른 길, 다른 짓을 시도하는 자신을 만날 수 있다. (무의미에서 의미를 찾아내는 정신 승리력 또한 기를 수 있다.)

처음은 그저 처음일 뿐 그것에는 성공도 실패도 없다. 기억에 남을 에피소드와 그날의 기분만 남을 뿐이다. 시도는 그 자체로 성취감을 안겨준다. 감사와 반성 거리도 곧잘 던져준다. 두 번째의 나는 처음보다 조금 더 나아져 있고, 그만큼 나는 나에게 조금 더 너그러워진다. 내가 겪는 모든 처음들은 나를 더 낱낱이 알게 해주고 어쩔 수 없이 사랑하게 해준다. 이는 여행이 우리 태도에 미치는 순기능과 크게 다르지 않다. 나의 수많은 처음은 휴대폰 메모에, SNS 피드에, 사진첩 폴더 안에 남겨져 있다. 여행지에서는 현지인처럼 살고 싶고, 거주지에서는 여행자처럼 살고 싶은 내 바람을 나는 이런 방식으로 달래고, 단련하고, 단장해 오고 있다.

'너무나 무의미하게 하루하루가 지나간다'던 엄마는 건강이 최고라는 것을 절감한 이후 '엄마의 처음'을 아무래도 본격 실행 중인 것 같다. 하루하루 보내오는 메시지와 사진이 엄마의 변화와 내 가설을 증명하고 있다.

"오늘은 아파트 계단으로 꼭대기까지 두 번이나 올라가 봤어." "아침마다 샐러드를 먹어보려고. 견과류 잘 안 먹는데 샐러드에 넣어 먹으니 먹어지네." "오늘은 안 가던 골목으로 가다가 새롭게 발견한 채소가게에서 비타민, 로메인, 적겨자 한 봉지씩을 총 2,300원에 샀어. 홈플러스에서 저녁 세일 때 산 1+1 팩보다 양도 많고 상태도 좋고 값도 싸네." "미지근한 물은 비려서 입에도 못 댔는데 자꾸 억지로 마셔 버릇하니 배도 덜 아프고 이제는 찬물을 못 마시겠다." "찬장에 있던 커피랑 차랑 약이랑 유통 기한 확인하고 죄다 버렸어. 이제 안 아끼고 다 버리려고." "네가 준 향초 지금 켜 봤어."

여행은 우리에게 여유와 다시 돌아갈 힘을 선물하고, 사소한 의지와 습관은 우리에게 여행 같은 일상을 선사한다. 평소와는 조금 다른 길에서 코너를 도는 것만으로도 여행은 시작된다. 그러므로 큰 틀에서 우리 모두는 이미 여행자다. 여행자의 눈으로 세상을 보기 위해, 그리하여 다시 내 맘 같지 않은 내 일상을 사랑하기 위해, 오늘도 나는 되뇐다. 사사로이 관찰할 것, 새삼 감사할 것, 연연하지 말 것, 그리고 길을 잃을 것.

(이승은)

7. 책

소설로 떠나는 현실 여행

소설을 읽고서 그곳으로 여행을 떠나야겠다고 결심한 적이 많다. 그렇게 해서 성공한 여행도 꽤 있다. 『바람의 그림자』를 읽고 총알 자국이 나 있는 바르셀로나 산 펠립 네리 광장에 가보았고, 김영하의 〈당신의 나무〉(『엘리베이터에 낀 그 남자는 어떻게 되었나』에 수록)를 읽고서는 앙코르와트 따프롬에 가서 뒤얽힌 나무뿌리와 성벽을 봤다. 현기영의 『순이 삼촌』을 읽고 간 제주는 그전까지 갔던 제주와 느낌이 달랐다. 그러므로 여행을 소재로 쓴 소설을 읽는 것은 여행을 떠나기 힘든 지금, 여행을 대신하기에 가장 좋은 경험이다.

이제껏 한 번도 해외여행을 가보지 못한 사람이거나 코로나가 끝나면 친구와 해외여행 떠나기를 약속한 사람이라면 김애란의 단편 〈호텔 니약따〉(『비행운』에 수록)를 워밍업 삼아 읽어보면 좋다. 이 소설은 '스물일곱 서윤과 은지는 함께 해외여행을 떠났다'라는 단 한 줄 문장으로 이야기를 요약할 수 있다. 여행을 많이 다녀본 사람이라면 저 한 줄 문장만으로도 두 여자 사이에 어떤 일이 벌어졌을지 가늠할 수 있다.

상대방의 센스를 알아보고 나에게 없는 친구의 다른 점을 좋아했던 두 사람은 여행하는 동안 그 다른 점 때문에 서로를 불편해한다. 단출한 작은 배낭에 한 손엔 테이크아웃 커피를 들고 공항에 나타난 서윤은 여행 내내 일기를 쓰고, 그 일기를 은지에게 읽어준다. 반대로 자기 몸만큼이나 무거운 캐리어를 끌고 온 은지는 숙소에서 블루투스 스피커로 음악을 듣고 여행지에서도 풀메이크업에 차려입고 다니길 좋아한다. '둘이 함께 마시는 물통을 왜 나 혼자만 들어야 하지?'에서 시작된 불만은 영어 실력의 차이, 숙소를 바꾸는 문제, 현지인이 건네는 꼬치구이에 대한 태도, 돌바닥에서 유난히 크게 들리는 캐리어 바퀴 소리에 이르기까지 불쑥불쑥 수시로 튀어나와 둘의 사이를 갈라놓는다. 그리고 소설 마지막에는 말조차 섞지 않게 된 두 사람을 회복시킬 수 있는 유일한 희망의 끈인 다빈이마저도 나타나지 않는다.

소설 속에 나오지 않는 후일담을 유추해보자면 두 사람은 여행을 다녀와서 아주 높은 확률로 다시는 얼굴을 보지 않을 것이다. 어른들이 "아무리 친한 친구라도 같이 살면 안 된다, 동업하는 거 아니다, 여행 단 둘이 가지 마라" 할 때는 다 이유가 있다. 여행은 생활의 연장이고, 하루에 몇 시간 만나 카페에서 수다 떨고 함께 영화 보는 것과는 다른 차원의 문제가 우르르 쏟아진다. 〈호텔 니약따〉는 친한 친구와 해외여행을 한 번이라도 가본 사람들은 누구나 공감할 수 있는 소설이고, 한 번도 함께 가보지 않은 사람에게는 백신 같은 소설이다.

'세상 최고'의 사치스러운 독서는 소설의 무대가 된 그곳에 가서 소설을 읽는 것이라고 김영하 작가가 말했다. 그 말을 들은 이후 나는 여행 가방을 꾸릴 때마다 어떤 책을 넣어갈지 고민하는 즐거움이 생겼다. 그리하여 터키에서는 야샤르 케말의 『독사를 죽였어야 했는데』를, 삿포로로 가는 기차 안에서는 가와바타 야스나리의 『설국』을 읽었다. 그런데 장강명 작가는 이렇게도 말했다.

"여행을 갈 때 들고 가는 책은, 가벼우면서도 진도 안 나가는 물건이 최고다. 글이 너무 재미있고 감동적이면 여행의 감흥이 반감된다. 내가 강력히 추천하는 여행용 서적은 제임스 조이스의 『더블린 사람들』이다. 얇은 데 정말 더럽게 지루하다. 여행 중에 이 소설을 읽으면 여행의 재미가 틀림없이 배가된다. '내가 어디에 있건 더블린에 있는 것보다는 낫겠지'하는 마음이 절로 드니까."

나도 절반은 동의하는 말이다. 사실, 여행 갈 때 가져가는 책의 가장 중요한 요소는 재미도, 감동도 아닌 무게다. 일단 가벼울 것! 물론 요즘은 전자책을 보는 사람들이 많아져 책 무게는 이제 문제 축에도 속하지 않지만, 종이책을 선호하는 사람에게 여전히 책 무게는 중요한 요소다.

장강명의 『5년 만에 신혼여행』은 소설은 아니지만 소설을 방불케 하는 에세이다. 제목 그대로 결혼하고 5년 만에 신혼여행을 떠난 작가 부부의 이야기인데, 여행 내내 이 부부는 가성비를 따지고 돈이 얼마나 드는지를 계산한다. 책에는 가난한 신혼부부가 허니문 패키지여행을 가면 일어날 수 있는 경우의 수가 다 나온다. 공항에서의 기약 없는 대기, 이코노미 좌석에 앉아 발이 퉁퉁 붓는 구질구질함 같은 것들. 신혼여행이라면 장미 꽃잎 흩뿌려진 침대와 샴페인 잔을 먼저 떠올리는 나로서는 이 책을 읽으며 신혼여행 역시 여행의 범주에 속하는, 그러니까 여행의 구질구질함과 불편함을 모두 겪어야 하는 여행의 부분 집합이라는 사실을 확실히 알게 되었다. 하지만 신혼여행은 또 신혼여행이다. 그 구질구질함 사이에 신혼의 달콤함이 초콜릿 쿠키 속의 초콜릿처럼 점점이 박혀 있다. 아내를 화나게 해놓고 "나 좋아?" "이제 나 좋아?"하는 작가의 귀여움은 상상 이상이다.

여행 산업이 커지다 보니 '공정 여행'이라든가 '불사조 여행' 같은 개념도 생겼다. 불사조 여행이란 전쟁과 학살의 상처가 아물지 않은 곳으로 가는 여행을 일컫는 말이다. 전쟁이나 자연재해로 파괴되었던 공동체가 여행자들이 와서 쓰는 돈의 도움으로 재건될 수 있기에 '불사조'라는 이름이 붙었다. 보스니아 내전이 격렬했던 크로아티아가 지금은 인기 관광지가 된 것이 대표적인 예이다.

윤고은의 소설 『밤의 여행자들』에는 재난 지역에 특화된 여행사 '정글'이 등장한다. 이 여행사의 베테랑 기획자 요나는 퇴물 취급을 받고 구조조정을 당하기 직전에 베트남 무이로 출장을 간다. 사막의 싱크홀 여행 상품을 존속시켜야 할지 없애야 할지 판단하는 보고서를 쓰기 위해서였다. 그러나 돌아오는 날 기차에서 화장실을 찾다가 일행과 떨어져 혼자 섬에 남겨진다.

이 소설에 등장하는 여행이 일종의 불사조 여행이다. 관광 수입의 일부가 지역 재건을 위해 쓰이고, 여행자들은 재난을 보며 자신이 안전하다는 사실에 안도감을 느낀다. 곰곰이 생각해보면 불사조 여행뿐만 아니라 어느 여행에나 일정 부분 그런 면이 있다.

섬에 낙오된 요나가 차츰 알아가는 무이의 현실은 TV 예능 프로그램을 볼 때 느끼는 불편함을 상기시킨다. 오지 사람들은 여행자를 위해 연기를 하고 그게 연기라는 사실을 들켜선 안 된다. 소설의 초반부는 재난 여행에 관한 이야기지만, 후반부는 지금 우리가 살고 있는 세계를 은유적으로 보여준다. 누가 제일 꼭대기에 있는지도 모른 채 알량한 권력을 쥔 자들이 시나리오를 쓰고, 각각의 역할을 배분하고,

역할을 부여받은 사람들은 자신이 뭘 하는지도 모른 채 다 같이 망하는 길로 간다. (이것이 지금의 세계가 아니고 무엇이랴.) 그래서 요나처럼 시나리오를 바꿀 수 있는 자리에 있는 자가 뭔가 해주길 원하지만 그녀 역시도 조직의 부속품일 뿐이다. 누구도 시나리오를 바꿀 수 없다면 차라리 시나리오를 뒤엎을 수 있는 쓰나미라도 몰려오기를 바라는 게 인지상정. 그래서 소설 마지막에 쓰나미가 몰려왔을 때 나는 내 속을 들킨 것 같아 뜨끔하면서도 통쾌했다. 그렇다고 이렇게 진짜 세계에 코로나19라는 감염병의 쓰나미가 덮칠 줄은 꿈에도 몰랐다.

소개하고 보니 모든 책들이 여행의 즐거움보다는 여행의 괴로움을 이야기하고 있어 살짝 민망하다. 어차피 여행은 1%의 즐거움을 누리기 위해 99%의 괴로움을 견디는 과정이며, 돌아와 되씹고 곱씹을수록 즐거웠던 1%가 점점 커져 99%의 괴로움을 숨기는 거라고, 그 사실을 여러 소설가가 적나라하게 보여주는 것이라고 변명해본다.

(이유정)

8. 낯섦

오른손잡이의 왼손 여행

왼손잡이가 되고 싶은 로망이 생겼다.

중학교 시절 우리 반에 왼손잡이인 친구가 있었다. 남들 다 오른손 쓸 때, 왼손으로 밥을 먹고 그림을 그리는 모습이 매우 특별하고 빛나 보였다. 닮고 싶은 마음에 틈나는 대로 왼손 도전에 나섰지만 쉽게 익숙해지지 않아 금방 포기했다. 중학교를 졸업하고도 종종 왼손 도전에 나섰지만 뜻대로 되지 않고 매번 실패로 돌아갔다.

시간이 흘러 나는 29살이 되었고, 건강한 서른 살을 맞이하고자 독한 맘으로 다이어트를 시작했다. 그러나 식탐이 너무 강했던지라 '조금만 먹어야지'하는 다짐이 무색하게 머리보다 빠른 오른손이 음식을 내 입으로 날랐고, 결국 배가 부른 후에야 정신이 돌아오곤 했다. 나는 이토록 끈질긴 식탐을 이기기 위해 왼손을 이용해 밥을 먹어보기로 했다. 익숙하지 않은 낯선 왼손으로 식사하다 보니, 밥을 먹는 속도가 답답할 정도로 느려졌다. 그렇게 3개월이 넘도록 왼손만을 사용해 식사했고 맘대로 움직이지 않은 왼손 덕분에 식탐을 조금은 놓을 수 있었다. 다이어트에도 성공했다. 지금은 오른손보다 왼손으로 하는 젓가락질이 더 바르다.

평생을 오른손잡이였던 나에게 왼손 도전은 여행과도 같았다. 평소에 발견하지 못하는 것들을 여행을 통해 깨달을 때가 많은데, 나에게는 왼손으로 하는 젓가락질이 그랬다.

아주 어린 시절부터 오른손잡이로 살아왔기 때문에 쉽게 고쳐지지 않는 버릇들이 있다. 오른손으로 밥을 먹다 보면 손에 너무 많은 힘을 주게 되는데 그렇게 젓가락질을 하다 보면 손가락이 뻣뻣해지곤 했다. 그런데, 왼손으로 밥을 먹기 시작하면서부터는 올바른 젓가락질 방법을 생각하면서 젓가락을 잡아서인지, 손가락에 힘을 주지 않고도 밥을 잘 먹을 수 있게 되었다. 게다가 왼손 식사가 아무래도 서툴다 보니 음미하면서 밥을 먹을 수 있게 되었고, 식탐을 쫓아 양껏 먹은 후의 더부룩한 배부름보다 적당한 포만감이 훨씬 기분 좋다는 걸 느꼈다. '왼손 젓가락질 덕분에 음식에 욕심을 놓는 날이 찾아오다니!'

왼손 젓가락질에 익숙해지고부터는 글씨도 왼손으로 잘 쓰고 싶다는 욕심이 생겼다. 그래서 '오른손잡이의 왼손 일기'를 계획했다. 그렇게 막상 오른손이 아닌 왼손으로 일기를 쓰다 보니 이전과는 좀 다른 문장으로 일상을 기록할 수 있었다. 예전에는 나의 하루를 시간 단위로 기록했다면 왼손 일기를 쓰고부터는 생각 단위로 일기를 쓰게 되었다. 예를 들어 오른손으로 일기를 썼다면 "눈이 녹은 길을 따릉이를 타고 갔다"라고만 썼을 텐데, 왼손으로 꾹꾹 눌러가며 더딘 속도로 하루를 기록하다 보니 글을 쓰는 시간의 틈에서 내가 따릉이를 타며 느꼈던 감정과 생각들이 떠오르며 "눈이 녹은 길은 세탁기에 흙탕물이 건조된 듯 뽀송뽀송해졌고, 그 길 위를 달리는 내내 상쾌했다. 습기가 사라진 저녁 날씨는 하루의 피로를 날리는데 최고의 조건이었다"라고 좀 더 세세하게 나의 일상을 남길 수 있었다.

우리가 여행을 할 때면 지금이 아니라면 다시 보기 힘들 풍경과 분위기를 눈에 담고 느끼기 위해 평소보다 천천히 걷는다. (더 많은 것을 보고자 평소보다 빨리 움직이는 여행자도 있겠지만.) 오른손잡이가 왼손으로 글을 쓰는 건 마치 글자 속으로 여행을 떠나는 것과 같다. 왼손으로 글을 쓸 때 글자가 아닌 획을 긋는 것에 집중하는 모습이 마치 주변을 둘러보며 천천히 걷는 여행의 순간과도 같다. 예를 들어, 'ㄹ'을 쓸 때는 미로에 서 있는 것과도 같다. 이쪽으로 갔다가 저쪽으로 갔다가, 왔다 갔다 헤매다가 도착지를 찾아내는 미로 여행 말이다. 그리고 'ㅎ'을 쓸 때는 놀이 기구를 타는 기분이 든다. 'ㅎ'에서 'ㅇ'을 쓰는 것이 어려워서 펜을 왼손에 쥔 상태로 오른손으로 종이를 돌려서 써 내려 간 적이 있는데, 그때 360도로 빠르게 회전하는 놀이 기구를 탄 느낌이 들었다. 지금은 'ㅇ'도 'ㅎ'도 왼손을 움직여서 쓴다.

어느덧 왼손으로 일기를 쓴 지 5개월째에 접어들고 있다. 젓가락질은 생존의 문제여서 금방 적응했는데, 왼손으로 내가 원하는 글씨를 쓰는 건 여전히 낯설고 어렵다.

세상이 멈춘 지금, 집순이인 나조차도 당장 캐리어를 꺼내 새로운 곳으로 떠나고 싶을 만큼 일상에 지루함을 느끼기 시작했다. 이처럼 갑갑한 나날을 보내고 있는 와중에 왼손으로 젓가락질하고 왼손으로 글을 쓰는 순간은 익숙한 일상 속에서 떠나는 나만의 작은 여행 같은 시간이다. 오늘도 왼손 일기를 쓰며 일상을 여행으로 만든다.

(김주은)

2부

집 밖 일상 여행

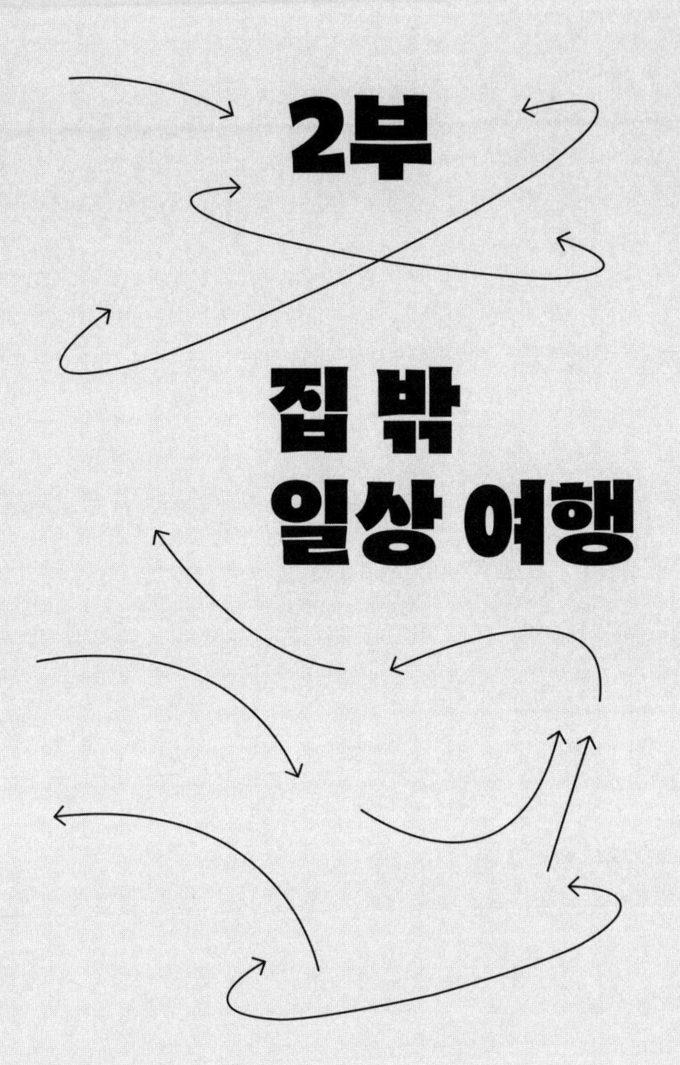

9. 플랭크

아무 데서나 엎드리는 중입니다

나이가 들면서 사람들과 만나 대화를 나누다 보면 운동이 화제에 오르는 일이 잦다. 누구는 수영을 하고, 누구는 요가나 필라테스를 하고, 누구는 런데이 앱과 함께 조깅을 한다. 나는 매일 2~3분씩 플랭크를 한다. 플랭크란 손목부터 팔꿈치까지를 단단히 바닥에 붙이고서 몸을 수평으로 쭉 뻗어 엎드려뻗쳐 하듯 버티는 운동이다.

어느 날, 동생들과 단톡방에서 건강에 관한 이야기를 나누다가 〈SBS스페셜〉의 '생존 체력' 편을 추천받았다. 유튜브로 찾아보니 플랭크, 스쿼드, 버피의 3종 운동을 매일 하면 코어 체력을 길러준다는 내용이었다. 팔굽혀 펴기 자세로 버티기, 앉았다 일어나기, 땅 짚고 일어나 손뼉치기 등 간단한 운동 몇 분 한다고 체력이 좋아질까 싶었지만, 다큐 참여자들이 하는 걸 보니 날짜가 갈수록 체력이 좋아지는 게 보였다.

쇠뿔도 단김에 빼랬다고 나도 가장 쉬워 보이는 플랭크를 혼자 해봤다. 플랭크만 꾸준히 해도 코어 체력이 길러진다니까 가장 쉬운 걸 맨 먼저 택했다. 나의 첫 플랭크는 18초에서 끝났다.(잊어버리지도 않음!) 허리와 팔이 후들거려 18초 만에 바닥에 뻗어버렸다. 이게 이렇게 힘들다니! 매일 반복하면 1분 정도는 버틸 수 있겠다 싶었지만, 언제나 그렇듯 자기와의 싸움은 지는 게 '국룰'(불문율). 매일 밤, 불 끄고 이부자리에 누워서야 "앗! 플랭크 안 했다"하고는 죄책감만 안고서 그대로 잠들었다.

얼마 뒤, 어느 모임에서 플랭크 이야기가 나왔고, 즉석에서 플랭크 단톡방이 만들어졌다. (무엇이든 하려면 일단 단톡방부터 만드는 현대인의 자세!) 밤 10시쯤 각자 집에서 플랭크를 하고, 그 장면을 찍어 단톡방에 인증샷을 올리기로 했다. 그러면 까맣게 잊어버리고 있던 사람들도 카톡 알림을 받고 부랴부랴 플랭크를 하게 되겠지. 예상은 적중했다. 그날부터 우리는 각자의 추리닝과 수면 바지를 입고서 침대에서, 식탁 밑에서, 원룸 안에서 플랭크를 하며 휴대폰을 셀카 모드로 돌려놓고 사진을 찍었다. 작심삼일 만에 1분을 버티게 되었다. 그렇게 2세트, 3세트로 늘려갔다.

단톡방 친구들과는 100일 기념으로 단체복도 맞췄다. 비록 기성복이지만 같은 운동복을 입고 플랭크 인증샷을 찍자니 클럽의 일원이 된 것처럼 뿌듯했다. 매일 매일 같은 모습을 촬영해 올리다 보면 인간이란 변화를 추구하게 마련이다. 슬슬 고양이와 함께 사진을 찍거나 핸드폰 앱을 사용해 효과를 주기도 했다. 그러던 어느 날 푸켓으로 여행 간 커플이 바다가 보이는 열대의 리조트에서 플랭크 샷을 찍어 올렸다. 우리는 시쳇말로 빽이 갔다. "와…!" 저 멋진 배경에서 플랭크라니! 나도 따라 해보고 싶다는 마음이 뭉게뭉게 피어올랐다. 한 달 뒤, 또 다른 커플이 홍콩에 여행을 갔고, 남자는 기나긴 에스컬레이터 앞에서 단편영화의 한 장면 같은 플랭크 동영상을 찍어 올렸고, 여자는 홍콩의 핫스팟인 다닥다닥 붙은 아파트 익청맨션을 배경으로 플랭크 샷을 찍어 올렸다.

그때부터 단톡방에선 여행을 가면 여행지에서 플랭크 인증샷을 찍는 게 의무이자 자랑거리가 되었다. 누군가가 여행을 간다는 소식이 전해지면 이번에는 어떤 플랭크 샷이 나올지 기대 평이 마구마구 올라왔다. 우리는 여행을 가면 그 도시의 관광명소를 찾아 인증샷을 찍는 게 아니라, 사람 없고 한적한 플랭크 스팟을 찾아다니며 사진을 찍기 시작했다.

코로나가 전 지구적으로 닥치기 직전, 마지막으로 갔던 해외여행은 핀란드 헬싱키, 오스트리아 빈, 헝가리 부다페스트를 도는 9박 11일의 여행이었다. 핀란드 국적기인 핀에어를 타고 가느라 헬싱키에서 스탑오버(비행기 환승지에서 24시간 이상을 머무는 것)를 했고, 기왕 동유럽을 가는 김에 부다페스트만 가기 아쉬워서 빈을 욱여넣었다. 우리의 여행 테마는 '힐링 여행'이었으나 출발할 때부터 모든 멤버들이 야근과 마감으로 심신이 너덜너덜해진 상태였고, 헬싱키에서는 하지제 기간이라 모든 쇼핑몰과 미술관, 카페가 줄줄이 문을 닫았다. 빈에서는 비가 주룩주룩 내렸고 부다페스트에선 최고 기온 39도에 육박하는 이상 폭염에 시달렸다. 힐링 여행이라는 테마는 온데간데없어졌다. 그런 극한 상황에서도 여행 시작부터 끝까지 지속했던 게 바로 플랭크 인증샷 찍기였다.

여행 내내 우리는 관광지에 갈 때마다 여기가 얼마나 아름다운지, 어떤 역사가 있는지를 살피기보다는 '여기서 플랭크 할 수 있을까?'를 가장 먼저 생각했다. 이 생각은 곧 전염되어 플랭크를 하지 않는 나머지 멤버들도 어디만 가면 "여기 플랭크 인증샷 찍으면 아주 딱이야!"하면서 우리를 끌고 가 엎드리게 했다.

플랭크 인증샷을 찍으려면 엎드릴 장소가 필요하다. 그 이야기인즉슨 내 키보다 길고 넓은 공간이 있어야 하고, 바닥이 평평해야 한다는 소리다. 자갈밭이나 흙바닥이어선 곤란하다. 엎드릴 때 무릎이 땅에 닿기 일쑤고, 팔꿈치로 버텨야 하기 때문이다. 실제로 그 장소에서 플랭크를 하는 건 아니고 자세만 잡고 사진을 찍었다. 그러니 현장에서 엎드리는 시간은 길어야 5초 정도. 하지만 엎드려서 사람들의 시선을 견뎌야 하는 입장에서는 5초가 50분처럼 느껴지기 마련이다. 그래서 되도록 사람이 없는 곳에서 찍지만, 유명 관광지에 사람 없는 곳이 어디 있겠는가? 결국 전 세계에서 온 다양한 사람들의 의혹에 찬 시선을 온몸으로 받아내며, 뻔뻔하게 얼굴에 철판을 깔고서 엎드려야 했다. 이게 혹시 어글리 코리안의 추태로 낙인찍히지는 않을까 노심초사했는데 생각해보면 누군가에게 피해를 주는 것도 아니고, 사진 찍기 위해 그보다 더 이상한 포즈도 곧잘 취하는 관광객들도 많으니 크게 추태는 아니라고 자위했다. 그렇게 우리는 서서히 플랭크 샷에 중독되어 갔다.

문이 열리기 전의 헬싱키 정교회 건물 앞에서 엎드릴 때는 거친 시멘트 바닥에 팔꿈치가 쓸려나가는 줄 알았다. 헬싱키 아테나움 미술관의 텅 빈 휴게실에선 얼른 운동화를 벗고 평평한 소파 위에 올라가 엎드렸다. 빛이 쏟아져 들어오는 창가에서 역광으로 찍힌 그 날의 플랭크 샷은 어찌나 날씬하게 나왔는지 한동안 프로필 사진으로 쓰기도 했다. 비 오는 빈에선 유명한 음악가들의 묘가 있는 중앙묘지에 가서 플랭크를 했다. 차마 젖은 땅바닥에 엎드릴 순 없어서 내 키만 한 벤치 위에 올라가 엎드렸다. 벤치 뒤로 베토벤과 모차르트의 묘지가 있었지만 내 몸에 가려서 보이지도 않았다. 여름밤, 야경이 아름답다는 부다페스트 어부의 요새에 가서도 나는 창턱에 걸터앉아 야경을 찍는 대신 가로등 밑에서 몸을 엎드렸다.

가장 마음에 들었던 플랭크 샷은 빈의 벨베데레 궁전에서 찍은 사진이었다. 상궁(上宮)은 현대미술관, 하궁(下宮)은 바로크 미술관으로 사용되고 있는 벨베데레 궁은 상궁과 하궁 사이에 어마어마하게 넓은 정원이 있었다. 걸어가려면 족히 20분 넘게 걸리는 그늘 하나 없는 정원에서 나는 플랭크를 했다. 반인반수의 하얀 대리석 스핑크스 조각상과 마주 보고 엎드렸더니 지나가던 관광객들이 다 쳐다봤다. 주변 관광객뿐 아니라 그 스핑크스도 당황했을 것이다. 그곳에 자리 잡은 이래 수백 년 동안 자기 얼굴을 마주 보며 엎드린 여자는 처음 보지 않았을까? 온통 울퉁불퉁한 자갈 바닥에 배낭을 메고 엎드렸다 일어나는 3초간의 짤막한 동영상은 돌려볼 때마다 웃기고 뿌듯하다. 역시 부끄러움은 잠깐이고 영상은 영원히 남는다.

누군가는 대체 왜 그런 짓을 하느냐고 물을지도 모르겠다. (페이스북에 플랭크 샷 일부를 올렸더니 지인이 "대체 왜???"라는 물음표가 세 개나 달린 댓글을 달았다.) 나도 무슨 생각에서 그랬는지 잘 모르겠다. 다만 한 가지 확실한 건, 여행지 곳곳에서 플랭크 샷을 찍느라 여행이 더 즐거웠다는 사실이다. 여행을 갈 때마다 한복을 챙겨가는 사람도 있고, 악기를 들고 가서 연주하는 사람도 있고, 좋아하는 인형을 들고 가서 자기 대신 인형을 놓고 사진을 찍는 사람도 있다. 나도 이제는 그런 사람들을 이해한다. 남들이 하지 않는 나만의 어떤 것을 해보면 여행이 몇 배나 즐거워진다는 것을 경험했기 때문이다.

불행히도 그 여행 이후로 해외에 나가지 못하고 있다. 하지만 우리는 여전히 단톡방에 플랭크 샷을 올리고 있다. 집에서, 작업실에서, 이제는 눈에 익은 서로의 공간에서 인증샷을 찍다가 가끔 색다른 인증샷이 올라오면 다들 어디냐고, 멋지다고 손가락을 치켜세운다. 운동하는 사진 한 장으로 그 친구의 일상을 공유하고, 내가 못 가본 카페나 미술관, 공원을 구경한다. 플랭크 인증샷 덕분에 그런 공원이 있다는 걸, 그런 카페가 있다는 걸 알게 된다.

우리는 매일 운동을 하기 위해서라는 목적 아래, 일상의 꾸준함을 격려하고 가끔은 낯선 공간을 공유한다. 여행이 낯선 곳의 남의 일상을 내 것으로 만드는 것이라면 이것이 여행이 아니고 무어란 말인가. 엎드리면 시선이 달라진다.

아무 데나 엎드리면, 거기가 여행지가 된다.

(이유정)

10. 만보

걷다 보면 그때 그 걸음 수

회사를 그만두고 다시 프리랜서 생활로 돌아오면서는 조바심이 났는지 일을 무리하게 받았다가 결국 탈이 나고 말았다. 침대에서 몸을 일으키기가 힘들 정도로 깊이 가라앉았지만, 어떻게든 일어났다. 그러고 무작정 걸었다. 언덕을 넘어 아파트 단지를 가로질러 옆 동네 마트라도 갔다.

걷는 김에 매일 1만 보를 걷기로 했다. 새벽 5시에 일어나 날이 밝아지기를 기다렸다가 집 근처 골목을 걷기도 했고, 반납할 책을 챙겨 불광천 산책로를 따라 마포중앙도서관까지 걷기도 했다. 언덕을 두 번 넘어 연희동의 단골 카페까지 걸었고, 매주 가는 모래내까지도 걸었다. 모래내에 간 날이면 내친 김에 연남동까지 걸었다. 그런 날은 골목을 걷다 좋아하는 가게를 들러 코코넛 파운드 케이크를 사기도 했고, 바로 옆 옷 가게에서 예쁜 연분홍색 티셔츠를 사기도 했다. 그 사이 계절이 변하고 찬바람이 잦아들고 뺨에 와 닿는 바람, 등에 쏟아지는 햇살이 기분 좋은 계절이 도착했다.

2만 4,905걸음. 제주에서 돌아온 문언니의 소환에 금요일 밤 공덕역으로 향했다. 저녁은 최근 회사에 들어간 옥 언니가 산다고 했다. 순대 철판볶음에 맥주 한 잔. 제주에서 한 달을 지내다 온 문 언니는 번쩍거리는 서울 불빛과 인파에 연신 감탄을 쏟아냈다. 공덕역에서 홍대입구역까지 이어지는 경의선 숲길은 벚꽃으로 하얗게 빛났다. 하얀 벚꽃 위로 가로등 불빛이 쏟아지고 사람들도 함께 쏟아져 나왔다. 우리 셋은 벚꽃이 절정인 경의선 숲길을 함께 걸으며 서울과 제주의 소식을 바삐 나눴다. 동화 작가로 일하는 문언니는 원고 합평(合評)에서 이번에 쓴 원고의 반응이 좋았다며 후련한 얼굴이었다.

공덕 꽃길을 걸어 어느새 홍대입구역까지 왔다. 헤어지기 전, 홍대입구역 7번 출구 앞 노점에서 문언니는 한 다발에 5,000원 하는 '옥시'라는 꽃을 하나씩 사서 안기고는 사라졌다. 옥시의 영어 이름은 'starflower'. 별을 꼭 닮아 붙은 이름이란다. 밤 11시에 퇴근하면서도 벚꽃을 보면 다시 기분이 좋아진다는 옥 언니, 제주가 너무 좋다면서도 서울에 오면 외국이라도 온 것처럼 탄성을 질러대는 문 언니. 나와 봄밤을 같이 걸어 주는 별처럼 따뜻한 친구들. 휴대폰을 보니 2년 전에 갔던 부다페스트 여행에서 비틀거리며 걷고 또 걸었던 그 날의 걸음 수가 나왔다.

1만 3,219걸음. 7시에 일어나 30분 정도 걷고 돌아와 아침 글쓰기를 한 뒤 30분 정도 요가를 했다. 달걀 두 개를 꺼내 삶고, 그 사이에 머리를 감았다. 오늘은 연남동까지 걸어가서 일할 계획이다. 프리랜서로 일하면서 좋은 점 한 가지는 평일 오전 시간에 카페를 한적하게 이용할 수 있다는 점이다.

그날 저녁에는 합정역에 살다가 얼마 전 우리 동네로 이사 온 친구를 만났다. 친구를 만나 함께 블라인드를 고르고 불광천으로 벚꽃을 보러 갔다. 벚꽃은 바람이 불 때마다 이리저리 흔들리며 머리 위로 떨어졌다. 우리는 누가 먼저랄

것도 없이 팔을 휘적대며 꽃잎을 잡느라 분주했다. 친구가 먼저 꽃잎을 잡아내고선 "2021년 대박!"이라고 소리를 쳤다. 별생각 없던 나도 괜히 초조해져 목이 꺾어져라 하늘을 쳐다보며 벚꽃 잎을 기다렸다. "저기저기, 저거 잡아!" "와앗! 2021년 대애박!" 용케도 내 손 안에 꽃잎이 들어왔다. 우리는 부적이라도 되는 듯 휴대폰 케이스 안에 꽃잎을 조심스럽게 집어넣었다. 그리고 내년 이맘때에는 꼭 다시 떠날 수 있게 해달라는 소망도 함께 넣었다.

2만 2,327걸음. 윤문 일을 같이하기로 한 선배와 일을 준 회사의 대표와 광화문에서 점심 약속이 있는 날이었다. 올해 첫 냉면을 먹었다. 미팅 후에는 커피와 카눌레를 먹으며 일을 어떻게 나눌지 상의했다. 그리고 기분 좋게 와닿는 햇살을 맞으며 서대문역까지 걸었다. 가는 길에 경희궁이 보여 자연스레 걸어 들어갔다. 고궁은 조용하고 단정한 얼굴이었다. 바람이 살랑살랑 부는 궁 뒤뜰을 한참 동안 산책한 뒤 서대문역 지하철역 앞에서 헤어졌다. 집에 돌아가는 버스 안에서 동네 친구에게 맥주 한잔하자는 연락이 왔다. 오늘은 어차피 일하긴 글렀다.

오래전에 봐 둔 가게로 향했다. 안주가 맛있다는 일본식 선술집. 꽃게가 통으로 올라앉은 꽃게 내장 파스타와 마제소바, 그리고 생맥주. 혼자 떠난 오사카 여행이 기억났다. 다닥다닥 붙어 앉아야 하는 식당의 좁은 바 자리에서 양옆에 앉은 현지인들 사이에 끼어 일본어 대화를 들으며 생맥주와 초밥을 먹었던 기억. 첫 모금의 생맥주 맛은 지금도 혀끝에 희미하게 남아 있다.

친구와 나는 어느새 만석이 된 가게를 나와 배도 꺼뜨릴 겸 연남동 카페까지 걸어가기로 했다. 아직 밤공기는 쌀쌀하다. 그래도 이 시간에 걸어 다닐 수 있는 계절이 왔다는 게 믿을 수 없이 좋다. 하루 건너 하루 보는 사이인데도 도통 마르지 않는 수다를 떨고 횡단보도에서 헤어져 각자의 집으로 돌아섰다. 걸음 수를 확인한다. 또 해외여행 다녀온 기분.

1만 9,878걸음. 다음 날 점심엔 효창공원까지 걸어가 친구와 각자 싸 온 도시락을 나눠 먹었다. 공원에는 직장인들이 커피를 하나씩 놓고 길지 않은 점심시간을 쪼개 쉬고 있었다. 회사를 그만둔 지 아직 1년이 안 됐건만, 나의 삶은 저기 앉은 직장인들의 삶과 어느새 멀리 동떨어진 것 같다. 친구도 다시 회사로 돌아가고, 나는 다음 약속을 위해 서교동 카페 앤트러사이트로 향했다. 작년 비슷한 시기에 회사를 나온 선배와 나. 앞으로 뭘 해서 먹고살지를 이야기하다 우리 둘은 한숨을 쏟아냈다.

카피라이터 생활을 접기로 한 12년 전, 친구가 살고 있던 미국 버클리에 작은 집을 빌려 3개월간 영어 수업과 도서관, 마트만 오가며 한가롭게 지냈던 시간이 가끔 그립다. UC 버클리 캠퍼스를 지나 집으로 돌아오던 길에는 커다란 플라타너스 나무가 줄지어 서 있었고, 저녁 메뉴로 뭘 먹을지, 오늘은 어느 마트에 가서 장을 볼지 고민하며 그 길을 자주 오갔다. 그때 아파트를 같이 썼던 룸메이트 오빠는 지금 어디서 살고 있을까? 진주시가 집이라고 했는데…. 다시 돌아갈 수 없는 나이와 시간. 지금 이 시간도 몇 년 뒤에 뒤돌아보면 또 다른 추억이 되어 있을 것이다. 그래, 언제나 지금이 내 인생 가장 빛나는 순간이다.

1만 6,379걸음. 거의 3년 만에 알고 지내던 편집자에게 연락이 왔다. 마지막에 만났을 때 나는 잡지사에 들어가기 전이었고, 편집자는 출판사를 막 그만둔 뒤였다. 서교동 우리은행 앞에 서 있는 그녀의 얼굴을 금방 알아봤다. 안부 끝에 편집자는 번역 의뢰를 하고 싶다고 했다. 순식간에 을의 자세로 모드가 변환된다. 편집자는 절차상, 나는 체면상 고민해 보고 답을 주겠노라 하고 책을 챙겨 자주 가는 합정역 근처 식당으로 향했다. 오랜만에 만나 잊고 있었는데 편집자는 채식주의자였다. 다행히 잘 찾아 들어온 식당에서 들깨순두부탕을 깨끗하게 비우고 합정역 앞에서 헤어졌다. 새로 작업할 책이 든 가방이 든든하다. 새 책을 번역하는 기분은 새로운 도시에 처음 발을 내딛는 기분처럼 언제나 두근거린다. 이 도시에 내가 모르는 즐거운 이야기가 더 많기를 바랄 뿐.

1만 3,895걸음. 작년에 번역가 작업실에서 나온 뒤부터는 작업하는 공간이 늘 고민이었다. 카페를 가자니 밥 먹기도 애매하고 오후가 되면 사람이 많아졌다. 도서관은 좀 답답하기도 하고 방역 시간이 있어 자리를 비워야 할 때도 있었다. 물론 집은 그보다 더 답답하고 침대가 너무 가까이 있다는 문제가 있었다.

오늘은 아침부터 여기저기 연락할 데가 많았다. 얼마 전

끝낸 일로 클라이언트와 연락을 주고받고, 출판사에서 의뢰받은 책을 검토하고, 작업 여부를 알려줘야 한다. 그리고 2019년에 일했던 출판사들에 연락해 해촉 증명서를 부탁했다. 아침부터 이렇게 여러 가지로 산만한 날은 도무지 일의 능률이 오르지 않는다. 마침 엄마가 보낸 택배가 도착했다는 문자가 왔다.

여름처럼 더운 날이다. 날씨가 더워지니 2년 전 가을, 언니네가 사는 캄보디아로 떠났던 날이 떠오른다. 4년 전 언니네 부부는 선교를 위해 두 딸을 데리고 캄보디아에 정착했다. 오랜만에 본 언니네 가족은 프놈펜의 뜨거운 햇볕에 다들 까매져 있었다. 엄마가 싸 보낸 음식 트렁크 옆에 옹기종기 붙은 네 사람은 음식을 하나씩 꺼낼 때마다 감탄을 토해냈다. 새로운 계절이 돌아올 때마다 나와 엄마는 각종 먹을거리와 조카들 선물, 말려 둔 나물 등을 챙겨 캄보디아로 택배를 보냈다. 언제 다시 음식 트렁크를 밀고 언니네 집에 갈 수 있을까? 오늘 받은 엄마의 택배 박스 속에는 어마어마한 양의 야채와 과일이 들어 있다. 혼자는 다 못 먹을 듯해서 야채와 과일을 종류별로 조금씩 덜고, 아침에 만든 그릭요구르트도 함께 챙겨 길 건너편에 사는 친구네 집으로 향한다.

1만 9,883걸음. 작업료가 입금된 기념으로 함께 일한 선배가 밥을 사고 내가 커피를 사기로 했다. 오랜만의 이태원 약속. 전부터 와보고 싶었던 브런치 가게에서 리코타 치즈와 아보카도가 올라간 샌드위치와 샥슈카를 먹었다. 아침에 선배에게 줄 나물을 챙기느라 눈썹 그리는 걸 깜박하고 나왔다. 20분 거리에 있다는 카페를 언덕을 몇 번이나 넘고 계단을 오르고 올라 40여 분만에 겨우 찾았다. 짧은 여행을 한 기분이 든다. 이스탄불 골목의 계단도 생각나고 부다페스트 언덕의 길고 높은 에스컬레이터도 생각났다. 오후에는 동네 친구의 생일 축하 겸 집들이 모임을 다녀왔다. 이사 당사자이자 생일자인 친구는 어제 미리 봐 둔 장으로 화려한 손님상을 차려냈다. 실컷 배부르게 먹고, 배도 꺼뜨릴 겸 불광천을 따라 한참을 걸었다.

나는 걸으며 여행의 감각을 기억해내려 한다. 새로운 골목과 나무와 풍경을, 친구와 함께 와야지 어느새 다짐하고 있는 식당과 카페를, 그리고 잊은 줄 알았던 여행자의 기분을.

(김경영)

11. 자전거

매일 떠나는 따릉이 여행

'따릉이 친구' 친구의 남편이 나를 부르는 호칭이다. 그 밖에 나를 아는 사람들도 따릉이하면 내 얼굴을 떠올릴 만큼 아주 오래전부터 서울 공용 자전거 따릉이를 주요 교통수단으로 타고 다녔다. 따릉이를 타게 된 계기는 운동의 목적도 있었지만 교통비를 줄여보고자 하는 이유가 컸다. 1년짜리 따릉이 정기권을 끊으면 얼마를 타던지 3만 원에 퉁칠 수 있다.(광고 아님 주의) 그렇게 매년 정기권을 끊어서 따릉이를 탄지 벌써 5년이 넘었다.

따릉이를 타고 가장 많이 오간 길은 출퇴근길이다. 정착하지 못하는 프로이직러로 5년 동안 다녔던 회사만 일곱 곳

정도 되다 보니 양천구, 건대, 성수, 상암동, 강남 등 다양한 지역으로 따릉이를 타고 출퇴근을 했다. 그렇게 5년이 넘는 기간 동안 서울 시내 안 가본 곳이 없는 것 같다. 망원에서 강남까지 자전거를 타면 한 시간이 소요된다. 반포대교까지 한강을 보면서 달리다 보면 출근길이란 것도 잊을 만큼 한없이 기분이 좋아진다. 여름에도 강바람 덕에 그다지 덥게 느껴지지 않는다. 그러나 반포대교를 건넌 후부터는 얘기가 달라진다. 오르막길 내리막길이 끊임없이 반복되는 구간으로 숨이 턱 끝까지 차오른다. 그래서 사계절 내내 나의 얼굴은 늘 벌겋게 달아올라 있다. 봄과 가을엔 숨이 차올라서, 여름과 겨울엔 덥고 추워서 달아오른다.

양천구로 출퇴근하던 여름에는 유독 따릉이 타기가 버거웠다. 양화대교를 건너야 하는데, 한여름에는 그늘 한 점 없어서 햇볕을 그대로 흡수해야 했다. 뜨거운 태양이 내리쬐는 여름날, 땀을 뻘뻘 흘리며 퇴근할 때마다 나는 자전거를 탄 채로 한강에 뛰어들고 싶었다. '저 물속은 얼마나 시원할까?' 무더위가 기승을 부리는 여름철 따릉이는 물을 무서워하던 나에게 수영을 배울 용기를 심어주었다. 나는 여름이 끝날 때까지 양화대교를 지나 한강에 뛰어드는 대신 수영장으로 퇴근을 했고, 자유형은 고사하고 개헤엄도 치지 못하던 시절을 지나 접영까지 마스터했다. 그런데 코로나 사태가 터지면서 애써 배운 수영을 써먹지 못하고 있다.

〈벚꽃엔딩〉이 음원 순위에 올라오는 시기엔 늘 벚꽃 축제가 열리고, 사람들은 벚꽃을 구경하러 여의도로 몰린다. 그리고 나는 벚꽃이 화려하게 피는 계절이 오면 따릉이를 타고 우리 동네를 여행한다. 상수역 인근의 뒷골목, YG엔터테인먼트를 낀 골목길, 와우 고가 차도는 벚꽃이 필 때 찾아가는 벚꽃길이다. 길 양쪽으로 만개한 벚나무가 끝도 없이 이어지고, 그 가운데를 달리다 보면 여의도 벚꽃 축제가 별로 부럽지 않다.

친구 집에 놀러 갈 때도 따릉이는 주요한 교통수단이다. 비가 추적추적 내리는 날이었다. 친구 집에서 재미있게 놀고 나왔더니 어느 덧 시간은 새벽 2시를 넘어 3시를 향해 가고 있었다. 비는 그쳤고, 날은 추웠다. 그래서 나는 우산을 어깨에 메고, 그 위에 겉옷 삼아 우비를 입은 채 따릉이를 탔다. 어둠이 짙게 깔린 새벽, 집을 향해 달리던 중 뒤에서 누군가 날 부르는 소리에 멈췄다. 경찰이었다. 경찰은 나에게 우비 안에 숨긴 게 뭐냐고 물었다. 우산을 보여주니, 왜 이 시간에 이러고 자전거를 타느냐고 물었다. 취조를 당하는 기분이 들어 나는 "친구 집에서 엽떡에 허니콤보 먹고 놀다 보니 이 시간이다. 버스는 끊겼고(안 끊겼어도 따릉이 탔겠지만) 집에 가려고 자전거를 탔다"라고 퉁명스럽게 대답했다. 경찰은 나를 경찰차에 태웠다. 수능 때도 타보지 않았던 경찰차를 생애 처음 타보았다. 경찰차를 탄 후에야 경찰이 나를 부른 이유를 알게 되었다. "이상한 사람이 우비에 칼을 숨긴 채 자전거를 타고 있다는 신고가 들어왔어요. 오늘은 집까지 데려다 드릴게요. 다음부터는 이 시간에 이러고 자전거 타지 마세요."

종로 사직단 근처에서 독서 모임이 있었다. 어김없이 교통수단은 따릉이! 항상 모이던 동네가 아닌 새로운 곳이라 길을 헤맬까 싶어 지도가 알려주는 도착 예상 시간보다 30분이나 일찍 집을 나섰다. 한강 자전거 길을 따라 쭈욱 일직선으로 달리면 되는 위치라 일찍 출발하지 않아도 됐구나 하는 생각이 드는 순간, 홍제천 인공 폭포를 마주하게 되었다. 감탄이 절로 나왔다. 화창한 봄날이라 알록달록한 꽃들이 활짝 피어 있었고, 이곳이 지리산인가 싶을 만큼 길게 쏟아지는 폭포는 진짜 아름다웠다. 물길을 누비는 오리까지 완벽했다. 그냥 지나칠 수 없어 한참을 서성이며 사진도 찍으면서 넋 놓고 구경을 했다. 그리고 그날 독서 모임에는 지각을 했다.

이날 마주했던 인공 폭포가 너무나도 강렬해서 그 이후로 스트레스를 많이 받은 날이면 일부러 돌고 돌아 홍제천을 가곤 했다. 그해 겨울, 친구 하나가 남자 친구와 헤어졌다며 우울해했다. 위로 차원에서 따릉이를 타고 홍제천 인공 폭포나 보러 가자고 부추겼고, 여러 날 나를 위로해준 홍제천 인공 폭포로 달렸다. 하지만 계절이 지나고 마주한 폭포는 흐르는 물길을 따라 그대로 얼어붙어 있었다. 친구에게 보여주고 싶은 모습은 이게 아니었는데, 알록달록 생기있게 콸콸 흐르는 물줄기 대신 흑백 사진처럼 색을 잃고 얼어붙은 폭포의 모습이 낯설었다. 안 그래도 우울하다는 친구에게 이런 풍경을 보여주게 되다니! 괜히 미안해서 봄날에 찍어둔 사진을 꺼내 보여주며, 봄엔 이렇게 아름답다고 허둥지둥 설명을 덧붙였다. 그런데 친구는 꽁꽁 얼어붙은 폭포의 모습에 오히려 더 큰 위로를 받았다고 얘기해주었다.

나는 오늘도 따릉이를 타고 출퇴근을 한다. 매일 가는 길이라도, 매일 만나는 하늘이 다르고, 매일 만나는 바람이 다르다. 나는 집으로 가는 뻔한 길도 늘 여행하듯 달린다. 나에게 따릉이는 여행길을 함께 나서는 멋진 친구다.

(김주은)

12. 묘지

나의 공동묘지 답사기

모두가 고향으로 떠나버려 텅텅 비어버린 서울의 어느 해 추석, 극장에서 페드로 알모도바르 감독의 영화《귀향》을 봤다. 첫 장면에서 라이문다(페넬로페 크루즈)는 공동묘지에 있는 엄마의 묘석에 물을 뿌리며 깨끗하게 청소를 한다. 추석 때 성묘 가는 문화는 우리나 스페인이나 비슷하구나 하며 보고 있는데, 그 묘지 앞으로 바다가 한눈에 내려다보인다.

나에게는 바닷가 묘지에 대한 로망이 있다. 일본의 소설가 엔도 슈사쿠와 프랑스 건축가 르코르뷔지에 덕분이다.

엔도 슈사쿠는 『깊은 강』이라는 소설을 쓴 기독교인 작가인데, 바다를 내려다보고 있는 그의 묘비명에는 이런 글귀가 적혀있다. '인간이 이토록 슬픈데, 주여 바다가 너무도 푸릅니다.' 묘비명도 멋지지만 묘비가 바다를 바라보는 언덕에 있다는 게 킬링 포인트다. 그리고 건축가 르코르뷔지에도 말년에 4평짜리 조그만 오두막에 살다가, 죽어서는 지중해가 보이는 언덕에 묻혔다. 이 오두막은 예술의 전당에서 열렸던 국내 전시회에서 그대로 복원되기도 했다.

일 년에 한두 번이라도 바다를 봐주지 않으면 시름시름 앓는 나로선, 두 예술가처럼 죽어서도 바다를 하염없이 볼 수 있는 곳에 묻히고 싶은 꿈이 있다. 그렇다고 당장 무슨 묫자리를 알아보겠다는 건 아니다. 대신 나보다 먼저 로망을 이룬 이들의 묘지를 찾아다니는 걸로 만족하고 있다.

《귀향》을 보고 몇 년이 지나, 나는 마라톤 선수 황영조의 역투로 우리 귀에 익숙한 바르셀로나의 몬주익 언덕을 홀로 헤매며 공동묘지를 찾고 있었다.《귀향》의 라이문다가 물을 뿌리던 그 묘지를 찾아가기 위해서였다. 묘지에 관심이 없거나 무서워하는 일행을 함께 데리고 갈 순 없어서 여행 일정 중 자유 시간이 주어졌던 금요일 오전에 그곳을 방문했다. 나는 푸니쿨라(케이블카)를 타고, 버스로 갈아타고, 몬주익성으로 향했다.

도착할 때까지만 해도 의기양양했다. 관광 안내 책자 어디에도 몬주익 묘지에 대한 소개는 없었지만, 푸니쿨라 승차장 입구의 지도 귀퉁이에 몬주익 묘지가 표시되어 있었고, 그 지도를 따라 몬주익 성의 뒤편으로 돌아가면 곧 묘지가 나올 줄 알았다. 그러나 그 길은 그늘 한 점 없는 땡볕이었고 묘지는 금방 나타나지 않았다. 길 오른쪽으로는 높은 성의 담벼락이, 왼쪽으로는 낭떠러지가, 그 아래로는 바다가 파도를 철썩이고 있었다. 사람이 없는 한적한 산길이라 '여기서 죽으면 시체를 발견하는 데만도 며칠이나 걸리겠네'하는 생각에 모골이 송연해졌다. 그렇게 30분 이상 걸어 얼굴이 벌겋게 다 익은 다음에야 묘지가 저 멀리 보이기 시작했다. 그러나 그게 끝이 아니었다. 묘지는 영화에서 본 것 이상으로 어마어마하게 규모가 컸고, 입구가 어디인지를 가늠할 수가 없었다. 입구를 찾는 데 또 30분가량을 헤맸다. 그렇게 한여름 이국땅의 산길에서 한 시간 넘게 비지땀을 쏟은 끝에 나는 그곳으로 들어갈 수 있었다.

다행히 묘지는 그 힘듦을 상쇄시켜줄 만큼 아름다웠다. 벽돌로 만든 벽마다 죽은 이들의 이름과 공간이 있었고, 꽃과 소품들이 빼곡히 들어차 있었다. 겹겹이 둘러친 벽 너머로 멀리 바다가 보였다. 바다가 정면에 보이는 좋은 위치에는 홀로 십자가를 세우고 누워있는 대리석 묘들이 자리하고 있었다. 아스라이 수평선과 끝없는 추모의 벽, 그리고 십자가까지, 아름다운 바닷가 묘지의 모든 것을 갖춘 곳이었다.

이후 나의 여행에서 묘지 순례는 빠지지 않는 코스가 되었다. 파리의 페르 라셰즈 같은 유럽의 공동묘지들은 석관을 뉘어놓고, 대리석 조각상 등으로 그 위를 장식한다. 세월이 흐르면 그 조각상에 검은 이끼가 껴서 천사상조차도 저승사자처럼 느껴진다. 그건 그것대로 묘지의 분위기를 자아낸다. 나는 수백 개의 입술 자국이 있다는 오스카 와일드의 묘를 찾기 위해 그 넓은 페르 라셰즈의 수많은 구역을 훑고 다니기도 했고, 지브롤터 해협에서는 트라팔가 해전에서 수장되어 시신 없이 비석만 있는 해군 묘지 앞에서 마음이 숙연해지기도 했다.

어쩌다 보니 두 번이나 가게 된 터키에서는 여러 형태의 묘지를 가봤다. 석회 온천으로 유명한 파묵칼레는 히에라폴리스, 네크로폴리스 두 구역으로 나누어져 있는데, 이중 병 때문에 요양 왔지만 안타깝게도 병을 고치지 못하고 죽은 사람들은 네크로폴리스 구역에 묻혔다. 그래서 파묵칼레 공원의 뒷문으로 들어가서 폐허가 된 대리석들과 사이프러스 나무, 경주의 고분과 닮은 묘지들 사이를 거닐고 있으면 인생무상이 느껴진다. 황량하고 처연하고 아름답기까지 하다.

이스탄불에서는 에데르네카피 공동묘지와 에윱의 피에르로티 언덕에 있던 묘지를 다녀왔다. 이 묘지들 역시 언덕에 있어 숲 너머 바다를 바라보고 있다. 이슬람교를 믿는 터키에선 매시간 회당에서 아잔(예배 시간을 알리는 소리)이 울리는데, 묘지에서 듣는 아잔 소리는 유난히 처연하다. 그곳에서는 아잔 소리를 배경으로 한가롭게 묘지 사이를 거니는 고양이들도 볼 수 있다.

그렇게 해외의 묘지들을 다니다, 제주도 여행길에서 4.3 평화공원을 방문했다. 제주 사람이라면 누구나 친척 중에 4.3사건으로 죽은 사람이 있다는 이야기를 듣기는 했지만, 사망자 1만 4천 명, 행불자 1만 4천 명, 그들의 이름이 하나

하나 아로새겨진 그 광장에서 3만이라는 숫자가 얼마나 많은 숫자인지를 처음으로 실감했다. 사람마다 비석이 서 있는 것도 아니고, 그저 이름 한 줄을 새겼을 뿐인데 그 이름들이 드넓은 광장을 에둘렀다. 대체 얼마나 많은 사람들이 죽어갔단 말인가! 광장 위쪽으로는 죽은 영혼을 위로하는 비석이 서 있다. 남자 바지저고리와 여자 치마저고리까지는 담담하게 봤는데, 아기 저고리를 보는 순간 가슴이 콱 막혔다.

제주 4.3 평화공원에 다녀온 후 4.3사건에 대해 좀 더 알아봤다. 공부를 하며 4월 3일 하루 동안 일어난 일이 아니라 무려 7년 동안 자행된 일이었고, '예비 검속에 따른 희생자들' 묘역에서 지나쳤던 '예비 검속'이라는 말이 6.25 발발 후 혹시 공산당에게 도움을 줄까 봐 미리 사람들을 솎아내서 죽여버린 일을 뜻한다는 걸 알게 됐다. 아득함이 밀려왔다. 뭔가 잘못을 한 게 아니라 잘못을 할지도 모른다는 이유로 사람들을 이렇게 많이 죽이다니…. 이후 4.3사건의 큰 책임자인 서북청년단은 국가유공자 포상을 받고, 죽은 제주도민들은 그로부터 오십 년이 더 지나 2008년에야 공식적인 애도를 받았다. 역사의 아이러니가 아닐 수 없다.

4.3평화공원에 다녀온 다음 날, 바다가 보이는 묘지라는 소리에 묻지도 따지지도 않고 렌터카를 몰아 모슬봉 공동묘지를 찾았다. 모슬봉은 입구부터 산 전체를 묘지가 뒤덮고 있었다. 그 압도적 스케일에 입이 딱 벌어졌다. 나중에야 알게 되었는데, 화장이 보편화되기 전까지 우리나라엔 산 전체가 묘지인 경우가 무척 많았다고 한다. 그 이후 세대인 나는 그런 광경을 처음 봤기에 놀랄 수밖에 없었다. 공동묘지도 구획이 나뉘어져 있었는데, 무덤 없이 비석만 누워있는 곳도 있었다. '무연묘지'라고 적혀 있었는데 연고자가 없는 사람들을 묻은 곳이었다. 그리고 무연묘지 앞에는 이제는 쓰지 않는 화장장이 흉물이 된 채 버려져 있었다. 등골이 오싹했다. 역시 공동묘지 중 최고로 무서운 곳은 우리나라의 공동묘지가 아닐까.

그런데 나는 왜 이렇게 묘지를 좋아하게 된 걸까? 여러 이유가 있겠지만 내 고향이 경주라는 사실이 영향을 미친 것만은 확실하다. 경주는 도시 전체가 거대한 묘지다. 시내 곳곳에 둥근 봉분이 솟아있고, 고속 도로 톨게이트 입구부터 시내로 들어가는 곳곳, 눈길이 닿는 곳곳마다 무덤이 있다. 봉황대, 대릉원을 비롯하여 신라 1천 년의 왕들의 무덤이 숲마다 자리하고 있다. 눈 오는 날이면 비료 포대를 끌고 봉황대 꼭대기에서 눈썰매를 타며 놀았고, 소풍 때마다 각각 다른 왕릉 앞에서 장기자랑을 하고 춤을 추고 사진을 찍었다. 무덤은 낯선 것이 아니라 일상에 스며들어 있는 삶이었다. 그래서 나는 묘지가 낯설지 않고 친숙하다.

언젠가 우리나라의 고분들을 찾아다닌 여행기 『대형무덤』을 읽으며 박장대소를 한 적이 있다. 작가가 무덤을 대하는 방식이 참 마음에 들어서였다. 고분 앞에만 서면 그곳에 묻힌 왕의 이름, 고분의 역사, 발굴 스토리, 문화재적 의의 등을 알아야 할 것 같은 의무감을 우리 세대는 가지고 있는데, 이 책은 그딴 거 다 제쳐두고 고분 가는 날의 자신의 감정, 첫인상, 그로부터 떠오른 웃긴 추억 등을 거침없이 써 내려간 책이었다. 예를 들어 이 책에선 대구 불로동 고분군에 대해 '크게 손대지 않고 문화재청과 환경부가 사이좋게 방치와 관리를 오간 덕에' 텔레토비 동산처럼 보인다고 썼다. 나도 이런 가벼운 태도로 묘지를 대하고 싶다. 참고로 나는 명절을 맞아 부모님 댁이 있는 대구에 갔다가 꼭두새벽에 불로동 고분군을 혼자 찾아간 적이 있다. 아무도 찾는 이 없는 고분들 사이에서 마스크를 쓴 아저씨가 따라오는 바람에 식겁을 하기는 했지만, 지금은 재미있는 추억이 되었다.

아직 가고 싶은 묘지가 많다. 포르투갈 리스본 언덕 너머의 묘지, 세계 최대의 십자가가 서 있는 스페인 전몰자의 계곡, 뉴욕 코니아일랜드로 가는 길에 봤던 하얀 십자가 그득하던 공동묘지 등은 아직도 나의 버킷 리스트에 남아있다. 해외의 묘지들은 코로나가 끝난 이후로 미루더라도, 한국의 묘지 여행은 지금 당장 할 수 있다. 나는 30년 전에 가본 광주 망월동 묘지가 어떻게 달라졌는지, 마석 모란공원의 민주열사 구역은 어떻게 생겼는지 보고 싶다. 최근엔 서울살이 20여 년 만에 처음으로 선릉에 다녀왔는데, 생각보다 규모가 커서 여기가 센트럴 파크인가 했다. 사실 우리 집에서는 운동화 신고 20분만 걸으면 양화진 절두산 성지의 외국인 선교사 묘역에도 갈 수 있다.

이런 묘지들은 공원처럼 걷기 좋고, 나무 그늘이 있는 데다 공원보다 훨씬 조용하고 고즈넉하다. 사회적 거리 두기 시대의 공원 대체지라고 할까? 삶과 죽음이 같은 연장선에 있고, 그곳에 누운 사람들이 한때는 나처럼 숨 쉬며 살던 사람이었다는 걸 떠올려보면 묘지라고 해서 그렇게 무서울 리 없다.

(이유정)

13. 무술

매일 아침이 브라질, 까뽀에이라

“요즘은 뭐 하세요?” 오랜만에 만난 거래처 사람이 물었다. 의뢰받은 디자인 일도 개인적으로 작업 중인 일도 없었다. 딱히 무언가를 하고 있지 않은 나는 백수나 다름없는 생활을 하고 있었다.

“요즘은 몸을 만들고 있습니다”라고 대답을 했다. “운동 열심히 하시나 봐요.” “열심히는 아니고 그냥 하던 거 꾸준히 하려고 노력 중입니다.” 농담 반 진담 반 던진 대답이었지만, 어떤 목표를 향해 무언가를 하는 중이라는 느낌이 나쁘지 않다.

많은 사람들이 그렇듯 운동은 늘 무언가를 계획할 때마다 우선순위 안에 들어가는 일이다. 하지만 시작하기 힘들뿐더러 시작하더라도 작심삼일을 넘기기가 힘든 게 운동이다. 나는 용케도 나에게 맞는 운동을 찾아 10년째 하루도 빼먹지 않고 열심히 하고 있다. 보통 사람들에게는 아직 생소한 이름일지 모르겠다. 내가 하는 운동은 브라질 무술 '까뽀에이라 앙골라'다. 까뽀에이라 앙골라는 아프리카 앙골라인들이 브라질에 노예로 끌려와 시작한 브라질 전통 무술이다. 흔히 알고 있는 철권의 에디가 하는 까뽀에이라와는 형제 같은 무술이다.

내 명함 앞뒤로는 '그래픽 디자이너'와 '까뽀에이라 앙골라 수련자'가 새겨져 있다. 나의 정체성이 된 운동이다. 이 운동을 처음 시작했을 당시에는 만나는 사람이 열이면 열 모두에게 까뽀에이라에 대해 일일이 설명을 해야 했다. 10년 정도 지난 지금은 내 주변 사람들은 대부분 잘 알고 있지만(같은 브라질 무술인 주짓수와 헷갈리는 사람들은 아직 있다), 새롭게 만나는 사람들은 여전히 잘 모른다.

왜 하필 까뽀에이라였을까? 내가 이 운동을 시작할 무렵, 나는 근육을 키우는 것보다 몸을 유연하게 만드는 운동을 찾고 있었다. 요가도 생각했지만 그보다는 조금 색다른 운동이었으면 했다. 그래서 일종의 로망이었던 무술 종류를 알아보던 중 지인이 수업을 하고 있는 까뽀에이라를 처음 소개받고 그 세계에 발을 디뎠다. 그리고 그 이후론 내가 주변인들에게 까뽀에이라의 세계를 소개하고 가르치고 있다.

처음에는 그냥 무술의 일종이겠거니 하는 정도로 시작했지만 막상 수업을 들어보니 남미 아마존의 원주민과 대화를 하는 듯 낯설고 어색하고 불편하기 짝이 없었다. 하지만 낯설고 어색한 것도 잠시였고 동작을 익히는 게 어렵지 않자 점차 재미가 붙으면서 어느새 까뽀에이라의 세계에 깊이 빠져들었다. 흔히 알던 격투기처럼 상대를 직접 타격하기 위한 공격보다 오히려 춤에 가까운 몸놀림으로 상대방의 허점을 만들어 공격하는 운동이라 의외로 창의성도 필요했다. 자연스레 까뽀에이라는 마치 미지의 세계를 탐험하듯 내 몸을 어디까지 사용할 수 있는지 알게 해주었다.

연습을 거듭하며 어색한 동작에 익숙해져 갈 때쯤 브라질의 최고령 주앙 그란지 선생님(당시 80세)이 일본을 방문한다는 소식을 접하고 워크숍 참가를 위해 일본을 가게 되었다. 나의 첫 일본 여행이 까뽀에이라 워크숍이라니! 한국에서는 많아 봐야 네댓 명이 함께 연습했는데, 일본에서는 100명 가까운 사람들과 함께 하게 되다니 가슴이 벅찼다. 당시 1년쯤 수련한 상태였던 나에게 일본에서 만난 동료 수련자들은 다들 대단한 고수처럼 보였다. 그들이 구사하는 동작은 로봇처럼 딱딱한 내 움직임과는 달리 물 흐르듯 자연스러웠다. 연습 때뿐만이 아니라 까뽀에이라 대련 게임 '호다'에서도 그들은 현란한 동작을 매우 유연하게 구사했다. 약간의 틈만 보여도 반격의 빌미가 되고, 조금만 긴장의 끈을 놓아도 다칠 수 있는 대결에서 자기만의 동작을 여유롭게 선보이는 모습은 아름답기까지 했다. 3일이라는 짧은 기간 동안 진행된 워크숍은 고된 일정이었지만 나에게 신선한 자극을 주기에 충분했다. 나는 그야말로 우물 안 개구리였고, 세상은 넓고 고수는 많았다.

일본에서의 워크숍은 새로운 자극을 주기에 충분했다. 하지만 워크숍을 통해 단기간에 실력이 성장하기에는 여전히 경험이 부족했다. 연습을 게을리하지는 않았지만 큰 벽이 가로막고 있는 듯한 기분이 들었다. 그런데, 그다음 해에 그 벽이 깨지는 일이 생겼다. 한국에서 까뽀에이라 앙골라 워크숍이 열린 것이었다. 브라질은 물론이고 전 세계적으로도 유명한 코브라 만사 선생님이 한국을 방문했다. 평소 동영상을 보면서 나도 저런 스타일의 까뽀에이라를 해야겠다고 흠모하던 분을 실제로 만나게 되었다. 선생님은 영상에서 본 것보다 더 큰 카리스마를 뿜어냈다. 그동안 내가 해온 까뽀에이라는 아이들 장난처럼 보일 정도였다. 군더더기 없는 동작을 직접 선보여 주며 동작의 의미도 명확하게 설명해 주었다. 그리고 높은 수준으로 올라가려면 단순한 반복이 아닌 실전 같은 연습이 필요하다는 조언도 해주었다. 기본 동작부터 잘 안 된다는 내 질문에는 아직 경험과 연습이 부족하니 시간이 걸릴 거라고 격려해 주었다. 덕분에 조급했던 마음을 내려놓을 수 있었다. '환갑에도 호다 하기'를 목표로 매일 꾸준히 연습하기로 마음먹었다.

두 번째 워크숍 이후 일본을 두 번 더 갔고 한국에서도 워크숍이 한 번 더 열렸다. 그때쯤 이런 결심이 들었다. "브라질을 가야겠다!" 지구 반대편에 있는 나라. 축구팀도 아르헨티나를 응원했고, 그동안 가보고 싶다는 생각조차 해본 적 없는 나라였는데, 이제는 간절했다. 까뽀에이라의 탄생지에서 까뽀에이라를 하고 싶었다.

운동을 시작하고 5년째 되던 해, 드디어 그 결심이 이루어졌다. 비행기를 네 번 환승하고 64시간 만에 브라질 살바도르에 도착했다. 살바도르는 브라질의 첫 번째 수도였던 곳이자 아프리카인들이 브라질에 노예로 끌려오면서 처음 도착한 곳이었다. 그곳에서 까뽀에이라가 시작됐다. 나는 까뽀에이라를 하려고 브라질에 간 몇 안 되는 한국인 중 한 명이었다.

브라질에서의 첫 수업은 토할 정도로 힘들었다. 강도 높은 기술도 문제였지만, 숨 쉴 틈 없이 이어지는 연습 탓에 운동하는 두 시간 내내 '제발 빨리 끝나라' 하는 마음과 '그래, 이게 바로 내가 원하던 거야' 하는 생각이 교차했다. 한국 워크숍 때 왔던 코브라 만사 선생님의 공간(퍼머컬처 공동체)에 머무를 때에는 새벽 5시에 눈만 겨우 비비고 일어나 잠도 덜 깬 상태에서 대련을 시작했다. 그것도 시간이 지나자 점점 익숙해졌고 기본 수업 참여 외에 여기저기서 열리는 호다와 워크숍에도 참석했다.

3개월간 말도 통하지 않는 낯선 곳에서 다양한 사람들과 수업과 대련을 이어가면서 나는 점점 자신감이 쌓여갔다.

로봇 같던 움직임도 조금씩 풀려 어느 정도 자연스러워졌고, 이제는 누구와 맞붙어도 별 두려움 없이 즐길 수 있게 되었다. 무협지에서나 봤던 주인공이 된 듯한 기분이 들었다. 그렇게 3개월의 까뽀에이라 여행을 끝내고 다시 일상으로 돌아왔다.

고수가 된 것 같은 기분으로 한국으로 돌아왔지만 여전히 새로운 벽은 나타났다. 여행지에서는 잊고 있던 다양한 문제가 계속해서 나를 가로막았지만 이제는 그 벽을 뚫고 앞으로 나아갈 힘을 가지고 있다. 까뽀에이라에서 대결은 단순히 두 사람이 대련을 통해 승패를 정하는 것이 아니다. 오히려 상대방과 몸으로서 대화를 하는 것과 같다. 실력이 는다는 것은 고급 언어를 구사할 수 있다는 의미다. 이는 상대를 이기는 것보다 내 동작에 집중할 때 가능해진다. 그래서 지금은 초심을 잃지 않고 나만의 움직임을 찾으려고 노력한다.

까뽀에이라 본고장에서의 경험과 기억은 내 몸과 마음에 새겨져 있다. 그곳에서 느꼈던 자유와 여유 역시 내 삶의 한 부분으로 자리잡고 있다. 나는 운동하는 순간만큼은 항상 브라질에 있다고 생각한다. 지금은 마음대로 떠날 수도 없는 상황이지만 언젠가 다시 그곳에서 운동하는 날을 기다리며, 나는 매일 아침 브라질에 간다.

(박재포)

14. 시장

지금 이 시간을 행복하게 사는 법

참나물, 방풍나물, 머위, 원추리, 근대, 약부추, 취나물, 돌나물, 두릅, 엄나무 순. 이름도 낯선 봄나물이 가게마다 쌓여 있다. “특A급 원추리, 올해 마지막 물량” 명품 모조품에나 붙는 줄 알았던 ‘특A급’이라는 말이 산나물 앞에도 붙어 있을 줄이야.

전화로 시댁 이야기를 하던 친구는 그냥 방풍나물보다 갯방풍 나물이 훨씬 맛이 좋다면서 게간장 한 스푼을 넣고 소금 약간 넣고 참기름과 깨소금 넣고 조물조물 무치면 너무 맛있다며 나보고도 한 봉지 사서 먹어 보라고 한다. 방풍나물이고 갯방풍 나물이고 간에 나에게는 기억에도 없는 이름들인데 말이다. 그동안은 산나물이라고 하면 내공 있는 주부들이나 사는 상위 레벨의 식재료인 것 같아 지레 겁을 먹고 시도해 볼 생각조차 하지 않았다. 내가 사는 나물이라고 해봤자 만만한 시금치, 냉이, 달래 정도가 전부였다.

성산동에 살 때는 너무 더운 여름과 추운 겨울을 빼고는 망원시장까지 걸어가서 과일이며 야채를 가득 사 들고 돌아오곤 했다. 그러나 시장까지 걸어서 가기에는 좀 애매한 동네로 이사를 하고, 코로나 핑계로 새벽 배송이 되는 온라인 쇼핑몰에서 사먹는 습관이 들면서부터는 시장 가는 횟수와 시장에서 사는 품목이 예전보다 눈에 띄게 확 줄었다. 하지만 과일만은 꼭 망원시장의 단골 가게에서 사 온다. (아직 새로 이사 온 동네 시장에는 정을 못 붙이고 있다.)

3, 4월엔 대저 짭짤이 토마토를 부지런히 사 먹는다. 이 시기에만 반짝 맛볼 수 있는 그야말로 제철 한정 과일이라 시장 갈 상황이 안 될 때는 동네 과일 가게에서 몇천 원 더주고서라도 한 박스씩 사두고 먹는다. 토마토가 나오기 전인 2, 3월에는 딸기를 신나게 사 먹었는데, 내 혀는 조금만 철이 지나도 빠르게 다음 제철 과일을 탐한다. 6, 7월에는 복숭아를 열심히 사 먹고 7, 8월에는 무화과가 보이면 잽싸게

사들인다. 특히 무화과는 쉽게 물러지는 과일이라 뜯기가 무섭게 먹어 치워야 한다. 10월까지는 과일이 쏟아져 나오는 시기라 감, 복숭아, 포도, 사과를 돌아가며 차례로 사 먹는다. 그리고 겨울에는 고민할 것도 없이 귤이다.

"방풍나물은 쓰기만 하고 별맛도 없어. 우리는 엄나무순, 두릅, 취나물 같은 거 먹지. 뭘 돈 주고 사 먹어. 천지에 널린 게 나물인데." 친구가 갯방풍 나물이 맛있다고 한 말을 엄마에게 전했더니 바로 질색을 한다. 집에 있는 나물을 택배로 보내주겠다는 엄마를 말리고, 다시 시장으로 나선다. 지난주에도 다녀왔는데 시장에는 못 보던 얼굴들이 나와 있다. 예닐곱 개쯤 돼 보이는 1,000원짜리 그냥 '흙 당근' 무더기 대신 '제주 구좌 흙 당근'이라고 이름 붙은 두 개에 1,000원 하는 당근을 골라 보았다. 나는 야채 앞에 산지가 구체적으로 나와 있고 '햇' '산지 직송' '국내산' '서귀포 노지' '자연산'이라는 단어가 붙으면 쉽게 지갑을 연다. 한 사람이 지나다닐 수 있는 통로만 남기고 양쪽으로 각종 야채 바구니를 빼곡하게 진열한 시장 입구 쪽의 한 가게는 작년인가 들어선 '신흥 강자'인데, 일단 500원짜리 품목이 많다. 나 같은 1인 가구에게는 매력적인 가게다. 이 가게의 단점이라면 일단 계산대로 향하는 통로에 들어서고 나서는 더 이상 후진이 불가능하다는 점이다. 좁은 통로에 바구니를 가득 채운 손님들이 뒤로 빠르게 늘어서서 계산을 기다리고 있기에 오직 전진만 가능하다. 뒤에 두고 온 양파가 마음에 걸리더라도 후진해서 가져오는 건 불가능하다. 일단 손에 집어 든 걸 계산하고 다시 처음부터 줄을 서는 수밖에 없다. 나는 새로운 나물에 도전해 봐야지 싶어 고민 끝에 물미나리, 약부추, 참나물을 집어 담았다. A급이라는 1,500원짜리 표고버섯과 1,000원짜리 오이고추도 당첨. 내 앞에 선 아주머니는 망설이는 손길로 1,000원짜리 물미나리를 집어 들며 "연하려나?" "맛이 괜찮으려나?"하고 자꾸 내게 동의를 구하지만 나로선 대꾸해 줄 말이 없다. 미나리, 부추, 참나물, 버섯, 고추까지 다 해서 5,500원. 어제 커피 한 잔에 빵 하나를 먹고 7,800원을 낸 생각이 난다. 이래서 시장이 좋다.

단골 야채 가게가 시장 입구에 있다 보니 거기만 들러 필요한 물건을 사서 돌아가기도 하지만 오늘은 시장 안쪽으로 더 들어가 보기로 한다. 입구에 있는 돈까스 가게는 한 끼 먹으면 딱 좋을 크기의 돈까스를 한 장씩 팔고 있다. 흔히 보는 등심까스, 안심까스부터 새우까스, 콰트로치즈롤까스까지 레퍼토리도 감동적이다. 무엇보다 2,500원부터 시작하는 가격이 제일 마음에 든다. 돈까스를 주문하면 기름에 바로 튀겨 종이봉투에 담아 주는데, 에어 프라이어에 살짝 돌려 맥주에 곁들이면 딱 좋다. 더 걸어 들어가면 생선 가게가 나온다. 혼자 나와 살면서는 좀처럼 사지 않는 해산물. 4월이 제철인 주꾸미가 맛있어 보이지만, 들고 갈 엄두가 나지 않아 눈길만 주고 지난다. 시뻘건 떡볶이 냄비 주변으로 꼬마 김밥과 튀김을 쌓아 놓고 있는 분식집을 지나고, 이어서 떡집을 지난다.

망원시장에서 장을 보기 시작하면서부터 자주 이용했던 두부 가게는 할아버지가 운영하시는데, 이 집 두부는 값은 저렴하면서 두툼하고 고소한 맛이 일품이다. 얇은 봉지에 담아주는 두부를 받아 들면 아직도 따끈한 두부에 손바닥이 함께 따뜻해진다. 가끔 할아버지 대신 아들처럼 보이는 분이 나오기도 하는데, 그런 날은 주인 할아버지가 어디 몸이라도 안 좋으신가 싶어 괜한 걱정이 되기도 한다.

이번에는 반찬 가게. 시장 통로를 중심으로 왼편에는 커다란 통에 반찬을 가득 담아두고서 조금씩 덜어 파는 가게가 있고, 오른편에는 플라스틱 용기에 미리 담아 두고 파는 가게가 있다. 오늘은 오른쪽 가게가 더 끌린다. 북어 무침, 달걀말이, 무말랭이, 진미채 볶음 같은 반찬을 요모조모 비교하다 냉장고 문을 열고 나올 기세인 엄마표 반찬을 떠올리며 도로 제자리에 내려놓는다.

시장길 끝까지 갔다가 돌아오는 길, 야채 가게에서 팔고 있는 죽순이 하도 예뻐서 한참을 쳐다봤다. 검색해 보니 죽순 밥을 해 먹어도 되고, 샐러드와 초무침을 해도 맛있다고 한다. 다음번 갈 때는 예쁜 죽순도 같이 챙겨 와야겠다. 시장 밖으로 나오는 길에 조금 더 비싼 제주 구좌 흙 당근과 산지 직송이라는 상주 오이를 두 개씩 1,000원에 더 샀다. 다른 곳보다 조금 더 비싼 가격이다. 나는 백오이보다 취청오이를 더 좋아한다. 맛 때문만은 아니고 초록색을 띠는 게 어쩐지 더 싱싱해 보이고 취청오이의 어감이 더 푸르고 듣기 좋기 때문이다.

당근과 오이에 가방 속 노트북까지 어깨에 메고 있자니 카페에 가서 일하려던 마음이 자꾸 물러난다. 양파와 고구마까지 사려던 계획은 얼른 접고 묵직한 봉지를 양손에 들고 6호선 전철역으로 곧장 향한다.

국내든 해외든 새로운 도시를 가면 빠뜨리지 않고 가는 곳이 재래시장이다. 바르셀로나의 보케리아 시장은 좁은 거리에 햄이 주렁주렁 매달려 있고, 그 자리에서 바로 주스로 갈아주는 알록달록한 과일도 한가득 쌓여 있는 곳이다. 종류가 서른 가지도 넘어 보이는 치즈에 눈이 휘휘 돌아가고, 높이 쌓인 과자도 있다. 시장의 다른 사람들처럼 막 갈아낸 주스를 한 손에 쥐고 수박도 한 덩이를 사서 숙소로 돌아왔던 기억이 난다. 터키의 파묵칼레를 여행했을 때에는 숙소 앞에 펼쳐진 마을 시장에서 알이 굵은 터키 체리를 한 봉지 사서 일행 넷이서 걸어가며 사이좋게 나눠 먹었다. 뮤지션 정재형이 유학 시절 자주 갔다던 파리의 앙팡 루즈 시장은 기껏 찾아갔더니 때마침 공사 중이라 헛걸음만 하고 돌아왔던 기억도 난다. 코로나 이전 마지막으로 간 해외 여행지인 핀란드 헬싱키의 하카니에미 시장에서는 네 개 10유로짜리 순록 모양의 손잡이가 붙은 버터나이프를 사서 일행들과 나눠 가졌다. 나무로 만들어진 손잡이라 물때가 잘 끼긴 하지만 지금도 빵에 버터를 발라 먹을 때 잘 쓰고 있다.

엄마랑 둘이 간 단양 구경시장에서는 호텔에 들어가서 먹을 마늘 순대와 흑마늘 빵을 샀다. 마늘로 유명한 동네라 여기저기 마늘 들어간 음식을 팔고 있었다. 제일 기대했던 하동 화개장터에서는 의외로 눈에 들어오는 먹거리가 없어서 돼지감자 뻥튀기를 한 봉지 사서 여행 내내 들고 다니며 먹었다. 3월에 매화를 보러 간 광양 여행에서는 근처에 특산물 장터가 없나 두리번거리다 주차장 근처에 자리를 깔고 앉은 할머니로부터 김부각과 돼지감자를 한 봉지씩 사서 부랴부랴 버스에 오르기도 했다. 재작년 11월에 간 하동 여행에서 산 김부각은 돌아오는 버스 안에서 친구랑 아작아작 나눠 먹으며 왔는데, 올해 여행에서는 코로나로 차 안에서는 먹지 못하고, 버스 안에서 절반씩 나눠 가지기만 했다.

대형 마트는 편하고 깨끗하고 얼굴 붉힐 일도 없다. 온라인 마트는 그보다 더 편하다. 밤에 주문하면 다음 날 새벽에 문 앞까지 배달도 해준다. 하지만 이 집 저 집 물건을 비교하고, '미나리가 연할까, 맛있을까?' 앞사람의 혼잣말 같은 질문을 듣고, 일곱 개짜리 흙 당근을 살지 두 개짜리 제주 구좌 흙 당근을 살지 고민하는 재미는 없다. 원추리를 사서 나물 반찬을 만들어 먹지 않고 땅에 묻어 키운다는, 주인과 손님의 대화를 엿듣는 즐거움도 시장에서만 누릴 수 있다.

동네의 재래시장이 대형 건물과 아파트에 밀려 사라지는 건 슬프고 허전한 일이다. 무언가를 사기 위해 시장을 가기도 하지만, 기분이 가라앉는 날 괜히 한번 들르는 곳도 시장이다. 미끈한 생선과 산나물, 전국에서 온 각종 '햇'과일들, 이제 막 뽑아낸 말랑한 가래떡, 솥 위로 허옇게 김을 뿜어 올리며 익어가는 만두, 유리 진열대를 가득 채운 통통한 꽈배기 그리고 오른쪽 왼쪽 물건을 살피다 보면 내일 걱정 같은 건 멀찌감치 물러나고 어느새 오늘 뭘 먹을지 단순하고 즐거운 고민에만 집중하게 된다.

오늘 내 앞의 시간보다 아직 오지 않은 시간에 자꾸 마음이 쓰일 때 시장에 간다. 새로운 나라, 새로운 도시에 가서 꼭 그곳의 시장에 들르는 이유도 그 때문이다. 지금 이 순간, 다시 발을 딛고 집중하고 싶어서다. 오늘 이 시간을 잘 살아내면 된다.

(김경영)

15. 서점

서점의 공기, 그림책의 온기

여행에서 숙소와 맛집 다음으로 어떻게든 집어넣는 장소가 있다. 바로 서점과 도서관이다. 서점이 없는 도시이거나 여행 루트에 집어넣기 애매한 도시에서는 갤러리나 박물관의 기념품 샵을 매의 눈으로 돌다가 괜찮은 책이 보이면 얼른 집어오곤 한다. 뮌헨의 한 미술관에서는 빈센트 반 고흐에 대한 그래픽 노블을 샀고, 일본의 한 디자인 전시에서는 굉장히 크리에이티브한 아이디어북을 구매하고 기뻤던 기억이 있다. 회사 워크숍으로 갔던 호주 시드니에서는 오페라하우스 안의 기념품 샵에서 시드니의 빌딩들을 그린 멋진 드로잉 북을 건질 수 있었다.

서점과 도서관에 가는 것을 내가 언제부터 좋아했는지 생각해보니 무려 초등학교 시절까지 기억이 거슬러 올라간다. 초등학교 때 방과 후에 교내 도서관에서 온갖 종류의 표류기를 닥치는 대로 읽어댄 게 최초의 기억이고, 용돈을 받으면 떡볶이 안 먹고 모아서 서점에서 책 하나를 공들여 골랐던 기억도 난다. (대체로 '만득이' 시리즈 류의 유머집이나 『밍크』 같은 만화책을 사서 엄마한테 혼났다.) 친구나 친척 집에 가도 일단 책장에 무슨 책이 있는지를 낱낱이 파악한 뒤 하나를 골라 읽곤 했다. 누구였는지 기억도 어렴풋한 친구네 집에서 빌려온 애거서 크리스티의 『ABC 살인사건』은 추리와 반전이라면 환장을 하는 지금의 나를 만들었다고 해도 과언이 아니다.

사실 내가 좋아하는 행위는 책을 읽는 것보다 책을 하나하나 꺼내어 펼쳐보고 무엇을 살지 혹은 빌릴지, 여러 권 사이에서 단 몇 권을 고르는 일이다. 분명 지금 배가 많이 고프고 화장실도 급하고 나는 그 두 가지를 다 잘 못 참는 사람인데도, 도서관이든 독립 서점이든 알라딘 중고서점이든 일단 발을 들여놓으면 모든 걸 잊곤 한다. 열심히 책을 골라 들고 나오면 최소 한 시간은 족히 지나 있고 일시 정지했던 온갖 생리적 현상과 본능적 욕구는 그제야 다시 가속 페달을 밟는다. 책 표지나 제목만 보고 마음속으로 냉정한 평가를 내리는 일을 심하게 좋아하고, 내가 좋아하는 컬러나 디자인, 제목이면 내용과는 상관없이 표지만 보고서도 구매하는 경우도 있다. 몇 권의 책을 고르는 것은 나 혼자 심각하고, 나 혼자 반전의 연속인 경연 프로그램과 같다. 그래서 최종 선택될 책은 "바로오오오오~!!!"

흠흠. 서점과 도서관의 평온함과 특유의 무관심을 사랑한다. 일상의 소음에 지쳤을 때 이곳을 찾으면 살 것 같은 기분이 든다. 모두들 조심조심 움직이고 가급적 작은 목소리로 속삭일 때의 그 간질간질함. (가끔 서점에서 책을 펼쳐 찰칵찰칵 사진 찍는 소리가 들릴 때면 신경이 바짝 곤두선다.) 책장을 사라락 넘기는 소리와 손에 닿는 책장의 감촉, 새 종이 헌 종이 각각의 향까지 사랑한다. 안정감과 행복감이 내 안에서 퐁퐁 차오르고 간혹 빈손으로 집에 가더라도 발걸음은 보람차다.

제일 좋은 건 이곳에서는 어느 누구도 나를 신경 쓰지 않는다는 점이다. 문이 열리고 누군가 들어와도 식당이나 지하철과는 달리 물끄러미 쳐다보거나 위아래로 훑는 기분 나쁜 시선이 없다. 쫓아다니면서 "이 책은 어떠세요? 손님 취향에 잘 맞으실 것 같은데"하고 다가와서는 "그냥 구경 좀 하려고요"라고 하면 쌩하니 돌아서 버리거나, '언제까지 고르고 있을 거야, 설마 그냥 나가는 것은 아니겠지?'하는 눈빛으로 감시하는 직원도 없다. 들어가도 딱히 인사도 표정 변화도 없이 무심한 듯하지만 "혹시 이 책 없나요?" 물으면 다정하게 다가와 친절하게 안내해주는 서점 주인이나 도서관 사서가 개인적인 성향과도 잘 맞는다.

아무도 나를 신경 쓰지 않는 공간, 텍스트로 가득 차 있지만 별다른 말이 필요치 않은 공간에서 편안함을 느낀다는 걸 깨달은 이후 이런 장소들은 나의 힐링 스팟으로 자리 잡았다. 그래서 의사소통만으로도 이미 피곤한 해외여행 중에 서점과 도서관을 즐겨 찾게 된 것은 어찌 보면 당연한 일이었다. '이 안에서는 모두가 책을 좋아하는 사람일 뿐이다. 대놓고 쳐다보거나 말을 거는 사람도, 눈치 주는 직원도, 인종 차별도 없다.'

해외여행에서의 도서관은 방콕이 처음이었다. 가이드북에서 발견한 그 도서관은 약간 뜬금없는 곳에 있었다. 엠포

리오 백화점 6층에 영화관과 같은 층을 썼는데 정확한 명칭이 TCDC, 즉 '타일랜드 크리에이티브 & 디자인 센터'였다. 창의적인 디자이너 육성을 위해 태국 정부가 기획한 공간이었고 전시실, 카페, 레스토랑도 있지만 도서관이 하이라이트라고 했다. '이런 곳에 도서관이 있다고?' 왠지 규모도 작고 촌스러울 것 같은 예감에 실망할 준비를 하고 들어갔는데 웬걸, 엄청난 층고와 천장에 닿을 듯 높게 줄지어 서 있는 책장 속 빼곡한 건축, 광고, 패션, 영화 관련 디자인 서적들, 한쪽 유리 벽면을 지나 쏟아져 내리는 햇살과 넓은 공간 가득 펼쳐진 제각기 다양한 스타일의 좌석들과 밝은 표정의 학생들에 놀라고 말았다. 손에 잡히는 높이의 책들을 하염없이 펼쳐대며 "와! 괜히 세계적인 광고제에 태국 수상작이 많은 게 아니었어! 태국은 디자인 선진국이었어! 아닌 척하면서, 나 태국에 편견 있었네. 내가 문제였네."하고 감탄사를 뽑아냈다. 이러고 있는 나만 봐도 '외국인은 여권 제시 시 1회에 한해 무료입장 가능'하도록 한 태국의 자국 홍보 정책은 대성공이 아닌가. 외국인 관광객이 아니라 크리에이티브한 그들의 일원이 된 듯한 동질감과 우쭐함을 동시에 만끽하면서 꽤 오래 그곳에 머물렀다.

출장차 갔던 볼로냐에서 만난 라가치 서점은 그림책의 진가를 알게 해준 곳으로 내게는 매우 각별한 곳이다. 화장품 박람회에 참석하느라 갔던 볼로냐에서 박람회 마지막 날 약간 짬이 났다. 나는 디자이너와 함께 다른 쟁쟁한 포토 스팟과 관광지를 뒤로 한 채 그림책 전문 서점에 남은 시간을 전부 할애했다. 볼로냐가 어떤 곳인가? 아동 도서계의 황금종려상이요, 오스카 트로피요, 노벨상이나 다름없는 라가치상을 매년 선정하고 수상하는 '볼로냐 국제 아동 도서전(Bologna Children's Book Fair)'의 개최 도시 아닌가! 라가치상 수상작들이 빼곡히 모여 있는 서점에 들어서는 순간 과연 눈이 뒤집어지지 않을 수 없었다. 시간제한 없이 보라고 했으면 한 권도 빠짐없이 펼쳐대느라 족히 열 시간은 걸렸을지도 모르겠다. 시간이 얼마 없었던 나는 지체 없이 서점 안쪽으로 곧장 직진했다. 그곳에는 어느 블로거가 알려준 대로 한 책장 상단에 'Silent Books'라는 표식이 붙어 있는 책장이 있었다. 조용한 책, 다시 말해 글자 없이 그림만 있는 책만 모아놓은 책장이었다. 그 넓은 서점에서 겨우 책장 하나로 후보군을 좁혔음에도 사고 싶은 책이 너무 많아 나는 울고 싶었다. 심혈을 기울인 끝에 마지막으로 간택을 받은 그림책 탑 4는 남은 여정 내내 엄청난 무게감으로 내 체력 지수를 뚝뚝 떨어뜨렸지만 집에 와서 이 사랑스러운 책들을 한 번씩 펼쳐 볼 때마다 소리를 질렀다. "으아아, 더 살걸!!" 라가치 서점은 나의 그림책 수집 욕구에 본격적으로 불을 지폈고, 그림책을 고르는 습관은 지금까지도 그리고 국내에서도 계속해서 이어지고 있다.

도쿄 4박 5일 여행 중에는 하루를 통째로 할애하여 기치조지에 갔다. 숙소와의 거리가 꽤 멀어 대략 성남에서 홍대까지 가는 거리였고, 왕복 지하철 요금이 어마어마했지만 그곳엔 꼭 가보고 싶었던 서점이 한두 곳 있었다. 인스타그램에서 나 혼자만 알고 팔로우하던 푸른 밤하늘(青と夜ノ空)이라는 서점은 역에서도 땀나게 걸어서야 겨우 도착할 수 있는 한적한 거리에 있었다. 서점 주인은 매우 조용했고 내가 서울에서 왔다고 말하자 매우 놀라며 예의를 갖춰 고마워했다. 그 작은 서점의 책들을 최소 두 번씩은 열어보고 머리를 싸쥐며 겨우겨우 세 권의 책을 골랐는데, 고양이가 그려진 포스터만 모아 놓은 책을 내려놓은 게 아직까지도 후회가 된다. 뒤이어 찾은 서점 우레시카의 젊은 남자 주인은 이전 서점과 마찬가지로 내가 들어서자 슬쩍 한 번 보고는

다시 고개를 숙이고 하던 일에 열중했다. 책 한 권과 엽서를 골라 계산하러 갔더니 그때부터 쾌활하면서도 조심스럽게 이것저것을 묻기 시작했다. 들어보니 그는 서울의 독립 책방들과도 연이 닿아 최근에 무슨 인터뷰도 진행했다는 것 같았다. 생각보다 많은 질문에 더듬더듬 최선을 다해 답하고는 서로에게 전하는 응원을 뒤로 한 채 다시 골목으로 나섰다. 해는 뜨거웠고 바람이 몰아쳤지만 꿈결 같았다. 다이칸야마 지역의 츠타야 서점과 곳곳에 있는 중고 서점들도 좋았지만 기치조지의 두 서점은 꼭 다시 찾고 싶은 곳이다.

서울의 개성 넘치는 독립 서점들과 콘셉트 넘치는 중형 서점들은 각자 색다른 서가를 가지고 있어서 큐레이션과 인테리어, 굿즈를 구경하는 재미가 있다. 맘먹고 독립 서점을 돌고 싶은 날의 1순위 동네는 단연 연남동이다. 헬로인디북스를 비롯해 특색 있는 독립 서점 몇 군데를 들러주고 그 길에 중간중간 널려 있는 맛집과 카페, 작은 샵들도 찾아다니다보면 그런 게 바로 나에게 주는 선물이요, 당일치기 여행이다. 해방촌 부근의 독립 서점들도 다양한 콘셉트와 장르를 다루며 제각기 모자람 없이 훌륭하다. 책 애호가라면 속초 여행을 통해 하루 정도는 '동아서점 — 문우당서림 — 완벽한 날들'로 이어지는 서점 투어를 해보는 것도 좋겠다. 휴무일과 영업시간은 항상 미리 꼭 확인해 두는 것이 좋다.

걸어서 닿을 거리에 도서관이 있다는 것은 보험 하나 제대로 들어 놓은 것처럼 삶을 든든하고 윤택하게 한다. 지금 사는 집으로 이사 왔을 때도 새로 생긴 도서관이 걸어서 10분도 안 되는 거리에 있다는 걸 알고 얼마나 기뻤던지! 당장 도서관을 간다면 이번에도 나는 공을 들여 네 권을 골라 빌려놓고, 두 권은 채 펴보지도 못하고 반납하겠지만, 어쩌겠는가. 내가 사랑해 마지않는 것은 도서관의 공기요, 그림책의 온기요, 취향 저격의 책을 엄선하는 그 고귀한 행위 자체인 것을!

(이승은)

16. 모임

또 다른 세상으로 떠나는 여행

토요일 아침. 평소보다 일찍 일어났다. 프리랜서에게는 평일과 휴일의 구분이 딱히 없지만, 직장인 친구들을 만나기 위해서는 주말을 내주는 수밖에 없다. 오늘은 독서 모임이 있는 날이다. 격주 토요일마다 가진 모임은 올해로 벌써 10년째다.

첫 만남이 기억난다. 두 명이 머쓱하게 만나 모임을 어떻게 꾸려갈지 가볍게 이야기하고 헤어졌다. 공식적인 첫 독서 모임에서 네 명이 모여 책에 관한 이야기를 나눴다. 첫 책인 『생각의 탄생』을 몇 주에 걸쳐서 읽고 이야기했지만 그 뒤로는 2주에 한 권씩 책을 끝내기로 했다. 이후로 참석 인원은 서서히 늘어 열 명 이상이 한 번에 모여 토론을 한 적도 있다. 인원은 늘었다 줄었다 했지만 지금은 열 두 명이 함께 하고 있다. 물론 전원이 매번 참석하지는 않는다. 하지만 빠짐없이 참석하는 '성실 멤버들' 덕에 10년째인 지금도 모임은 무사히 순항 중이다.

처음 독서 모임을 만든 이유는 집에 쌓인 책들을 읽기 위해서였다. 혼자 읽는 것보다 여러 사람들과 함께 읽으면 좋을 것 같았다. 하지만 막상 모임을 시작하니 내 생각과는 전혀 다른 방향으로 흘러갔다. 세상에 책은 많고 각자 읽고 싶은 책도 제각기 많다 보니 쌓인 책을 읽고 줄이려던 계획은 온데간데 없고, 결국은 책장 하나를 더 놓게 되었다.

여러 사람이 함께 읽으니 확실히 좋은 점은 분명했다. 네 명이 토론을 하면 책을 네 번 읽은 기분이 들었다. 나와 비슷한 의견이 나오면 비슷한 대로, 또 생각지도 못하거나 반대되는 의견이 나오면 또 그런대로 재미있었다. 여러 생각이 꼬리를 물며 새로운 생각을 낳았다. 그러면서 다른 생각을 이해하고 인정하는 법도 배웠다.

우리는 변화가 필요하거나 기존의 삶이 재미없을 때 여

행을 떠난다. 평소와 다른 낯선 곳에서의 생활 그리고 낯선 사람들과의 만남은 새로운 자극을 주고 나의 생활을 돌아보는 계기를 만들어준다.

나는 일상에서 여행과 같은 효과를 모임을 통해서 찾는다. 가족, 친구, 직장 동료 등 일상적으로 만나는 사람들을 넘어서 낯선 곳으로 여행을 떠나듯 새로운 모임을 찾아 나선다. 처음 모임에 참석하는 것은 언제나 설레지만 당연히 긴장도 된다. 대부분은 환영하는 마음으로 받아주지만, 낯선 이에 대한 경계의 시선도 있다. 잔잔한 호수에 던져진 돌처럼 새로운 멤버는 파장을 일으킨다. 나는 소극적인 성격이라 지나친 환대는 오히려 불편하다. 그래서 적당한 거리감을 두고서 시작하는 게 편하다.

새로운 모임에 적응하기 위한 나만의 방법은 수면 아래 가라앉은 돌처럼 가만히 있는 것이다. 내가 일으킨 파장이 물결 위에 스며들어 멈출 때까지 기다렸다가 파장이 멈추면 그때서야 슬슬 나의 개성을 드러낸다. 그리고 일정한 시간이 지나면 자연스럽게 처음부터 그 자리에 있었던 것처럼 같이 어울린다. 가끔 물과 기름처럼 어울리지 못하는 곳들도 있다. 이때는 지체 없이 벗어나 다른 모임을 찾아본다.

유튜브에서 요가를 검색하면 수많은 영상이 나온다. 이게 정말 공짜인가 싶을 정도의 수준 높은 영상들이 매일 같이 올라온다. 예전에는 운동을 혼자서 꾸준히 하기 힘들어 운동 센터에 의지했는데, 코로나19로 모이기 힘들어진 지금은 집에서 요가를 한다. 영상을 보며 하는 요가도 서서히 적응하고 있지만 그래도 다시 요가원에 나가고 싶은 마음이 크다. 집에서 하는 요가는 나름의 장점도 있지만 산티아고 순례길을 혼자 걷는 것처럼 고난의 연속이기도 하다. 여럿이 함께하는 요가는 친구들과 가이드가 함께하는 여행 같은 즐거움과 안정감을 준다. 사람들과 같이 호흡하고 땀 흘리는 즐거움, 함께 움직이는 동작들로 일체감을 느끼는 경험을 하면 도무지 끊을 수가 없다. 최근에는 그 '함께'의 경험이 그리워 다시 요가원을 알아보고 있다. 이 책이 완성되기 전에 시작할 수 있을지 모르겠다. 이번에도 돌부처처럼 적응해 봐야겠다.

지금 하고 있는 운동인 까뽀에이라의 대련 게임인 '호다'는 어느 무술에도 없는 파티 문화가 있다. 각 그룹마다 스타일이 다르고 추구하는 방향도 다르지만 호다를 하게 되면 모든 그룹들이 함께 모여 대련을 한다. 각자의 도장에서 하기도 하지만 날이 좋으면 가끔은 길에서 대련을 하기도 한다. 홍대 걷고 싶은 거리에서도 본 사람이 있을지 모르겠다.

호다는 한 달에 한 번 정기적으로 하기도 하고, 일 년에 한 번 워크숍처럼 행사를 열기도 한다. 적은 인원이든 많은 인원이든 상관없이 대련 게임을 하며 즐긴다. 온라인으로 SNS에 올라오는 각자의 연습 장면을 지켜보며 수련 상태를 가늠해 보다 직접 만나 대련을 해보면 새로운 자극을 받는다. 서로의 장단점을 습득하고 그동안 수련을 게을리하진 않았는지 반성도 해본다. 짧다면 짧고 길다면 긴 한두 시간의 대련이지만 많은 것을 나눈다. 그동안의 상황이나 어려웠던 점, 앞으로의 방향 등을 이야기하기도 한다. 하지만 코로나로 인해 이마저도 할 수 없는 현실이 너무 안타깝다.

나는 그림 모임도 하고 있다. 여럿이 카페에 모여 자유롭게 그림을 그리거나 거리에서 어반 스케치를 하기도 한다. 혼자 그림을 그리다 보면 가끔 고립되는 느낌이 들 때가 있다. 그럴 때면 사람들과 함께 모여 그리는 시간을 갖는다. 같은 공간에서 같은 작업에 집중하고 있는 사람과 섞여 있다 보면 분위기만으로도 혼자가 아니라는 위로를 받는다. 그림을 다 그린 뒤에는 함께 모여 작품을 모아놓고 감상을 나눈다. 그림 도구도 제 각각이고, 같은 공간에서 그린 그림이 맞나 싶을 정도로 각자의 색깔을 보는 재미가 있다. '이 사람은 이렇게 표현하는구나, 이 선은 시원해서 좋구나'라고 혼자 생각하며 다음 그림을 어떻게 그려야 할지 속으로 계획하기도 한다. 그림은 혼자 그려도 작품은 나눠야 제맛이다.

지금은 화실에 다니지 않지만 가끔은 특강이나 워크숍에 참여하기도 한다. 특히 크로키 수업에 자주 참석하는 편이다. 수업에 가면 '잘 그려야지'하는 마음을 먹게 되지만 항상 생각처럼 되지는 않는다. 특히 크로키는 짧은 시간 안에 그려야 하는 그림이기에 손으로 그리는지 발로 그리는지 정신이 없을 때가 많다. 빨리빨리 손을 놀리지 않으면 팔, 다리가 없는 토르소를 그리게 된다. 쉬는 시간에는 서로 대화 한마디 없이 쭈뼛쭈뼛하게 앉아 있다가 그림을 그릴 때는 너나 할 것 없이 무섭게 몰두하는 모습이 멋있다.

친목을 위한 모임도 많지만 역시 공부 모임이 좋다. 일반적인 학원이나 교육 센터, 문화 센터뿐만 아니라 시민 대학, 평생 학습관 같은 곳에도 저렴하고 좋은 수업이 많다. 단순한 기능과 기술을 배우고 싶다면 온라인 강의로도 충분하겠지만, 오프라인 수업에서는 기술 이상의 것을 얻을 수 있다.

우리 섬북동 모임도 그렇다. 시작은 카피라이터가 되기 위한 수업이었고, 각기 다른 시기에 수업을 들은 사람들이지만 오프라인 모임을 통해서 서로 얼굴을 익히고 알게 되었다. 섬이라 불리는 모임에서 책을 읽는 소모임인 섬북동이 만들어졌다. 섬북동의 멤버 중 일부와는 함께 독립 잡지를 만들고 있고 이번에는 함께 책을 쓰고 있다.

여러 사람이 만나 새로운 모임이 만들어지고, 그 모임은 또 다른 길과 세상을 열어 준다. 다양한 세상을 접하기 위해 나는 여행하듯 모임에 나간다.

(박재포)

17. 다리

랜선으로 건너는 다리,
그곳에서 만나는 풍경

나는 다리 건너는 것을 좋아한다. 양화대교, 마포대교, 그리고 이름 모를 수많은 다리들. 대교는 물론이고 관광지마다 있는 출렁 다리나 오래된 역사를 가지고 있는 옛날 다리도 좋아한다. 나는 다리마다 매력 포인트가 있다고 생각한다.

당산에서 합정 쪽으로 양화대교를 건너다보면, 어느 지점에서 빙빙 돌면서 내려갈 수 있는 길이 나오는데, 그 길로 빠지면 선유도로 들어갈 수 있다. 나는 이 길을 볼 때마다 블랙홀에 빠져드는 듯한 이상한 기분이 든다. 이 길로 들어가면 봐서는 안 되는 판도라 상자가 열릴 것만 같고, 누군가의 살인 현장을 목격할 것만 같은 느낌이 든다. 그래서 양화대교를 건널 때마다 흠칫할 때가 많았다. 언젠가 스릴러 드라마 속에서 이곳이 살인 사건 현장으로 등장하는 날이 있지 않을까 상상을 해본다. 물론 나는 겁쟁이라 그런 드라마가 나와도 못 보겠지만 말이다.

공덕역 부근에 살 때는 마포대교를 자주 건넜다. 다리에서 한강 물로 뛰어내리는 사람들을 막고자 생명의 다리로 재단장한 마포대교는 나의 힐링 스팟 중 한 곳이었다. 마포대교에서 투신 사건이 자주 일어나다보니, 사람들이 삶을 놓아버리지 않도록 각종 응원과 위로의 문장들이 다리에 새겨져 있었다. 죽을 결심을 한 적은 없지만 다리를 지날 때마다 난간에 걸린 '반짝이는' 문장들이 말을 건네는 것 같은 느낌에 나 역시도 많은 위로를 받았다. 기분이 '꿀꿀한' 어느 날은 '기지개를 한 번 켜고 파란 하늘을 봐봐'라는 문구를 마주하고서는 그 문장이 시키는 대로 했던 적이 있다. 꿀꿀했던 이유가 우중충한 날씨 때문이라 파란 하늘을 볼 순 없었지만, 그래도 기지개를 켜니 기분이 좋아졌다. 친구와 싸우고 나서는 '말 안 해도 알아'라는 문장을 보고는 '이놈의 다리도 아는 걸 왜 친구는 모르냐'며 속으로 욕했던 기억도 있다. 그렇게 그곳의 문장들과 대화를 하고 나면 기분이 풀리곤 했다. 그래서 마포대교는 나에게 힐링 스팟이었다. 그런데 아이러니하게도 자살을 막고자 설치한 문장들로 인해 오히려 다리가 자살 명소로 더 유명해지자 구청에서는 이를 다 철거해 버렸다. 철거된 이후 마포대교를 건넌 적이 있는데, 항상 나를 마중하던 반짝이던 문장들이 없어져 마음 한쪽이 무척 허전했다. 그래서 그 이후로는 마포대교를 잘 건너지 않는다.

요 근래에는 하늘 공원로와 한강 난지로를 연결하는 다리를 자주 건넌다. 퇴근길에 집으로 가는 새로운 길을 찾다가 발견한 다리다. 다리를 건너다가 중간에 서서 아래를 내려다보면 차들이 강변북로를 따라 쌩쌩 달리는 것이 보인다. 빠르게 달리는 차들을 내려다볼 때면 놀이기구를 탄 것처럼 바짝 긴장이 되는데 그 기분이 묘하다. 그리고 밤에는 은은한 조명이 양쪽으로 켜지는데 그것 또한 멋진 볼거리다.

서울 말고 다른 지역에서 건넜던 다리 중에서는 통영 연화도에 있는 출렁 다리가 생각난다. 워낙 다리 건너는 걸 좋아해서 친구와 여행할 때도 그 지역에 있는 유명 다리를 찾아가는 편인데 연화도 출렁 다리도 그중에 하나였다. 다른 다리와 달리 출렁거리는 흔들림이 많아서 기분이 묘했다. 특히 그날은 구름이 낮게 깔려 있어서 마치 내가 하늘을 건너는 것 같은 착각이 들었다. 그래서 더 오래 기억에 남는 다리다.

이렇게 다리 건너는 걸 좋아하다 보니 세계 이색 다리 영상을 찾아보는 취미가 생겼다. '언젠가 나도 파리에 가면, 싱가포르에 가면, 영국에 가면, 네덜란드에 가면 저 다리를 건너야지'하는 상상을 하며 영상을 보면 기분이 좋아진다. 물론, 내가 건너지 못할 다리를 건너는 영상을 보면서 대리 만족할 때도 있다. 어느 영상에서는 연화도 출렁 다리와는 비교도 안 될 만큼 높디높은 곳의 출렁 다리를 본 적이 있다. 너무 높아 땅이 보이지 않는 다리 위에서 머리에 카메라를 매달고 촬영한 1인칭 시점의 영상이었다. 직접 건너는 것도 아니고 집에서 PC로 보는데도 다리가 후들후들 떨렸다. 다 건넌 후에는 마치 내가 그 다리를 건넌 것처럼 후련하고 뿌듯했다. 그러다 지금 내가 있는 곳이 방 안이라는 걸 깨닫고는 '현타(현실자각타임)'가 오기도 했다.

어느 날은 베트남 다낭의 골든 브릿지를 건너는 영상을 봤다. 많은 영상을 봤지만 제대로 다리 이름을 기억 못 하는 내가 메모를 해놨을 정도로 매력적인 다리였다. 골든 브릿지를 건너다보면 엄청나게 커다란 손이 마치 다리를 들고 있는 듯한 모습을 볼 수 있는데, 영상으로만 봐도 경이로운 느낌을 받기에 충분했다. 영상을 보며 나도 언젠가는 저 다리를 건너 커다란 손을 마주하게 되면 내 손을 대보고 싶다는 생각을 했다.

두발로 직접 건너고 랜선으로 세계의 다리를 여행하면서 느낀 공통적인 매력은 그 위에서 바라보는 풍경이다. 양화대교, 마포대교, 서강대교, 성산대교를 건널 때 한강을 내려다보면 속이 뻥 뚫린다. 랜선으로 여행할 때도 가장 기분 좋은 순간은 다리 위에서 풍경을 바라볼 때이다. 막힘없이 펼쳐진 풍경을 내려다보고 있으면 자신감이 저절로 차오른다.

내가 랜선 여행으로 유독 다리 건너는 영상을 많이 찾는 이유가 뭘까하고 생각해본 적이 있다. 나는 왜 다리 건너는 걸 좋아할까? 아마도 시선이 주는 만족감 때문이지 않을까 싶다. 내 시선은 언제나 마주 보거나 올려다보는 것에 익숙했다. 그건 사회 생활을 하면서 자연스레 나에게 강요된 눈높이일지도 모른다. 하지만 다리는 높은 곳에서 높은 곳으로 연결되는 경우가 많다. 그래서 그 위에서의 시선은 항상 아래를 향한다. 랜선이지만 나는 그렇게 다리 위에서 세상을 내려다보며 자신감을 키웠던 게 아닐까?

여행을 하게 되면 잠시나마 현실에서 벗어나 자유를 누릴 수 있다. 그래서 사람들은 갑갑한 현실을 피할 일탈의 기회로 그리고 돌파구로 여행을 떠난다. 집에서 세계 각국의 다리를 건널 수 있는 랜선 여행이 그런 돌파구이며 일탈의 기회이다.

(김주은)

18. 달리기

아침마다 떠나는 짧은 여행

잡지를 넘기면서, TV를 보면서, 핸드폰 안에서 불쑥 나타나는 이국의 사진들을 보면서, 그곳에서 지내는 나를 떠올리며 직장 생활을 버텼다. 자유의 몸이 되기만 하면 짐을 싸서 진절머리 나는 서울을 떠나, 바람처럼 먼지처럼 내 멋대로 지내다 돌아올 것이다, 그런 상상을 커피 마실 때마다 했다. 피 같은 짧은 휴가를 모아서 떠났다가 다시 돌아오면, 커피잔 맨 아래 남은 얼음 한 조각처럼 여행의 맛은 아쉽기만 했다. 예전에는 시간이 없어 여행을 떠나지 못했는데, 회사를 그만두고 시간이 많아지니 코로나 때문에 여행의 기회가 사라졌다. 인생은 내 뜻대로 되는 게 없다는 걸 깨닫는다.

여행다운 여행이 다시 시작될 때까지 무엇을 해야 할까, 큰 벽에 부딪힌 느낌이다. 추억을 파먹는 것도 냉장고 파먹기처럼 한두 번이지 계속 그렇게 할 순 없다. 돌파구를 마련해야 했다.

백수는 시간에 구속 당하지 않지만 그렇다고 나에게만 특별히 24시간 이상이 주어지는 것도 아니다. 먼저, 하고 싶은 것과 하기 싫은 것을 나누고, 하기 싫은 건 하지 않기로 했다. 그중에서 운동은 정말 하기 싫은 것이었다. 나는 '남들 따라 하기'를 좋아하는 편이지만 그렇다고 자존심 상하게 바로 반응하지는 않는다. 오히려 세상의 유행이 좀 잠잠해지면 그때 시작한다. 새것을 좋아해서 광고 일을 했으나 그건 일이었고, 정작 새것을 내 것으로 만들려면 탐색을 오래 하고 나와 맞는지를 여러 각도로 살핀다. 그래서 결국 세상의 유행이 좀 시들해지면 그때 관심을 두고 따라간다. 그래서인지 시작하면 쉽게 질리지 않고 뒷북을 좀 제대로 친다. 그렇게 나는 남들이 시들해 할 때 즈음 런데이 앱을 깔았다. 그리고 '30분 달리기'에 도전했다.

일주일에 세 번씩 8주, 앱의 핵심은 음성으로 나오는 트레이너와 함께 꾸준하게 뛰면 '30분 지속 달리기'가 가능해진다는 것이었다. 자세한 메커니즘은 잘 모르겠지만 시키는 대로 하니 달리기를 못했던 나도 오래달리기가 가능해졌다.

처음부터 무작정 뛰는 게 아니었다. 걷고 달리고, 걷고 달리고를 반복했던 첫날을 잊지 못한다. 처음에는 천천히 워밍업으로 5분 동안을 걸었다. 힘들건 없었다. 그러고 나면 1분 달리기. 천천히 하는 달리기지만 1분은 쉽지가 않았다. 1분이 이렇게나 길게 느껴질 줄은 몰랐다. 재빨리 트레이너의 목소리가 나오길 기다렸다. 이번에는 천천히 걷기 2분. 달리기가 아니라 걷기라니 몸이 날아갈 거 같았다. 이런 걸 네 번 반복했다. 달리다가 걷다가, 다시 걷다가 달리다가. 글로는 이렇게 쉬운데 어른이 되고서 한 번도 달리는 데 써보지 않았던 내 심장과 폐 그리고 두 다리와 팔은 내 것 같지가 않았다. 힘들다 보니 나는 나와 대화를 하기 시작했다. 부위별로 외치는 게 달랐다.

다리: 니 다리는 글렀어. 백만 불짜리 다리가 아니야!

팔: 언제 흔들어야 할지 잘 모르겠는데. 엇박자야.

뇌1: 늦지 않았어. 앱을 지워. 그리고 집에 가서 눕자.

뇌2: 그래도 시작했으니 끝은 봐야지.

입: 그냥 확~ 괜히 이런 걸 시작해서는.

일주일에 세 번을 뛰어야 하는데 쉬는 날은 금세 지나가고 뛰어야 하는 날은 매일 찾아오는 듯했다. 5주 정도가 되니 이젠 멈출 수가 없었다. 8주는 채우고 싶었다. 매일 도전할 때마다 나는 또 다른 나와 싸워야 했다. 내 안의 아우성들이 매일 업데이트 되곤 했다.

뇌1: 뛰어야 할 거 아냐? 어쩌면 걷는 사람보다도 늦냐.

폐: 이 놈의 마스크 때문인가 숨이 너무 차.

입: 목이 타들어 가고 있어. 물 좀 줘.

달리는 순간이 괴로우니 안 달리면 되는데 시작을 했으니 끝은 봐야겠고 그렇지만 의연해지는 건 쉽지 않고. 나와의 싸움은 계속 이어졌다. 아침에 일어나 창밖을 보고 비가 올 때는 환호성을 지르며 좋아했지만 달리는 도중에 비가 오면 멈추지를 않았다. 그날 시작한 미션은 마지막까지 최선을 다했다. 그만큼 마인드 컨트롤이 중요했다. 달리기는 몸보다 마음을 달리게 하는 게 우선이었다.

앱의 장점 중 하나는 1회를 완수하면 선명하게 도장이 찍히는 것이었다. 트레이너를 실제 만난 적은 없지만 큰 도움을 받았다. (실제로 만날 수 있는 사람이 아니다.) 트레이너가 시키는 대로 하루하루 묵묵히 완수를 하면 하나씩 도장을 채워나갈 수 있었다. 도장을 채운다고 누가 선물을 주지도 않는다. (셀프 선물 제도가 있으니 서운하게 생각하지는 말자.) 그러나 나는 누가 시킨 것도 아닌데 화면 안에 저절로 생성되는 도장을 받고 싶었다. '이번에 잘했으니까 다음에도 잘 할 수 있어'라는 무언의 칭찬 같았다. 동그란 도장 모양의 스탬프는 입국심사를 떠올리게도 해주었다. 여행할 때마다 여권에 찍어주던 것처럼 미션을 마치고 도장이 생기면 '오늘 여행도 잘 마쳤구나' 하는 뿌듯함이 피어올랐다.

달리기는 별다른 장비가 없어도 되는 단순한 운동이지만, 무슨 운동이든 발을 담그면 반드시 사야만 할 아이템들이 줄줄이 기다렸다는 듯이 나타난다. 새로운 여행지를 검색하듯 나는 '달리기 나라'를 살펴보았는데 역시 어마어마하게 넓고 깊은 세계였다. 클릭을 할 때마다 쏟아져 나오는 정보와 아이템들이 초보 여행자인 나를 두근거리게 했다. 미지의 땅을 탐험하듯 전혀 몰랐던 세계를 조금씩 찾아 들어가는 기분이었다. 그리고 그날의 달리기가 제대로 안되면 그건 다 장비 때문이라는 생각에 점점 젖어 가기 시작했다.

"조금 더 쿠션이 있는 신발이면 더 잘 달릴 수 있을 것만 같아!" 신발 탓이 아니란 것은 알지만 2주 도전을 마치고는 새 러닝화를 자발적으로 내게 선물했다. 도장이 열 개쯤 찍혔을 때는 '반드시 필요하게 될 거야'라는 자기암시를 걸어 흡수력이 좋다는 기능성 티셔츠와 쇼트 팬츠도 구입했다. 온 동네 벌레들이 다 모여들 것 같은 존재감 '뿜뿜'의 형광 컬러 티셔츠와 러닝에 꼭 필요한 스포츠 브라도 하나 더 샀다. 여행도 준비가 더 설레는 것처럼 달리기도 소소한 아이템들이 동기부여를 해주고 설렘을 증폭시켜주었다. 그 후로도 러닝에 필요한 것들은 점점 늘어만 갔다.

친구들과 함께 갔던 제천 여행에서도 아침에 일어나 혼자 달려 보았다. 살고 있는 동네가 아닌 낯선 여행지에서 달리는 건 처음이었다. 여행지에서의 '달리기'는 낯선 풍경과 낯선 호흡 그리고 불규칙한 속도가 빚어내는 새로운 자극이었다. 평소에 하던 일정한 호흡과 일정한 속도의 달리기와 달랐다. 호수를 내려다보며 한 발 한 발 걷기보다, 빠른 속도로 앞으로 달려 나가며 보는 풍경은 확실히 입체적으로 변했다. 긴장감이 더해져 핸드 헬드로 찍은 영상처럼 아찔하게 흔들리며 지금까지도 기억에 남아있다. 길목 곳곳에서 들려오던 개 짖는 소리가 무서워 오래 뛰진 못했지만 아침의 상쾌한 공기는 지금도 선명하게 떠오른다.

책 『아무튼, 달리기』를 쓴 김상민 작가는 '아침의 달리기, 밤의 뜀박질'이라는 표현을 썼다. 달리고 싶다는 사람들은 늘 고민한다고 한다. 아침이 나을까 밤이 나을까 언제 달리는 게 좋을까? 답은 그냥 뛰는 사람 마음이다. 본인에게 맞는 시간대에 직접 달려보고 결정하면 될 일이다. 아침에 하는 달리기는 시작하는 기분이 들고, 밤의 달리기는 하루를 정리하는 느낌이 든다. 나는 해가 떠오를 때 나가서 새벽길을 달리는 게 좋다. 다만 더울 때는 새벽에 일어나 달리면 시원해서 괜찮은데 반대로 겨울 러닝은 아침이 쉽지 않다. 달리기 초심자에게 영하의 추위는 '달리지 않아도 괜찮아. 이불 밖은 추워. 괜히 나갔다가 넘어지면 큰일이야' 같은 핑계를 대기에 딱이다.

오늘은 어디를 달리면 좋을까? 머릿속으로 시뮬레이션을 해본다. 낯선 도시의 여행 준비를 하듯 코스를 짠다. 날씨를 체크하고 온도와 습도까지 확인한다. 컨디션에 따라 그리고 기분에 따라 길을 조금씩 달리한다. 러닝머신 위에서 TV를 보며 달리는 것과 다르게 야외에서 달리는 건 정말 짧은 여행이다. 나무의 새순이 올라오고, 이파리의 색깔이 진해지고, 어제까지 꽃망울이었다가 활짝 꽃이 피어버리는 그런 어이없는 자연의 자연스러움에 놀라게 된다. 매일 달리다 보면 어제와 오늘의 다른 풍경이 보인다.

손이 시려 장갑을 끼다가도 금세 땀이 나는 시간의 흐름을 몸으로 느낀다. 어제는 힘들었던 코스가 오늘은 제법 만만해지는 몸의 변화에 고개가 끄덕여진다. 오차 없는 호흡으로 밸런스에 집중한다. 내 안의 평온한 상태와 불안한 감정들의 균형을 생각하며 달린다. 그리고 내가 컨트롤 하지 못하는 당연한 것들에 대해 수긍하기도 한다. 아주 작은 변화들이 쌓이고 쌓여서 조금은 좋은 방향으로 나를 이끌 것이라 생각하며 매일의 풍경을 쌓아간다.

누구와 경쟁하지 않고 나만의 페이스로 혼자 달리게 되었다. '어쩔 수 없어' 투덜대던 일상이 '어쩔 수 없지만 그래도 하고 싶은 일이 많으면 좋겠다'는 긍정의 일상으로 바뀌고 있다. 여행을 길게 멀리 떠날 수는 없지만, 아침마다 떠나는 짧은 여행으로 더욱 상큼하고 예리하게 감각들을 다듬고 있다. 어쩌다 내 것이 돼 버린 달리기 습관을 계속 유지하고 싶다. 귀찮아서 늘어지는 마음의 멱살을 쥐고 운동화를 신는 순간까지 나와의 싸움은 계속될 것이다. 하늘을 한 번 쳐다보고 숨을 크게 쉰다. 발로 땅을 차며 앞으로 나간다. 천천히 나만의 속도로.

(서미현)

19. 여유

남의 시간이 아닌
나의 시간을 삽니다

창문을 비집고 들어오는 햇살과 새소리에 잠이 깬다. 늦은 조식을 가볍게 챙겨 먹고 오늘의 여행을 계획한다. 오늘은 어디를 돌아다닐지, 어느 식당에서 뭘 먹을지, 어느 펍에 가야 맛있는 맥주를 마실 수 있을지 알아본다.

여행지에서 나의 일과는 보통 이랬다. 알람 소리에 기계적으로 일어나는 일상의 아침과 달리 자연스럽게 눈이 떠진다. 계획대로 움직이지 못하면 뭐 어떤가. 비가 오면 일정을 취소하고 숙소나 근처 카페에서 주변 풍경을 바라보면 된다. 일에 지치고, 일상에 시달린 마음을 달래려 왔으니 평화로운 이 순간을 최대한 즐기자.

여행지에서는 러시아워를 겪은 적이 없다. 여기 사람들도 출퇴근을 할 텐데 하는 의문에 대한 답은 일상 복귀가 이뤄지면 알 수 있다. 일하는 사람들의 시간과 여행자들의 시간은 다르다. 출근하는 사람들이 바삐 움직이고 나서야 여행자들은 움직인다. 시간에도 여행자의 시간이 따로 있다.

일상에서도 여행자처럼 살아보기로 했다. 러시아워를 피해 한 시간 정도 일찍 집을 나선다. 여행자의 시간을 느낄 수 있다면 일찍 일어나는 수고는 아깝지 않다. 지하철에서 책을 읽거나 음악을 듣는다. 언어 공부를 하기도 한다. 집중하기에는 짧은 시간이지만 자투리 시간을 활용한다고 생각하면 뿌듯해진다. 사무실에 도착해 커피를 내리고 배경 음악을 골라 틀고 지하철에서 읽다만 책을 다시 꺼내 읽는다. 일찍 출근했기에 누릴 수 있는 여유다. 사무실이 불편한 날은 근처 카페에서 혼자만의 시간을 갖기도 한다. 하루 일과를 계획하거나 가볍게 아이디어 스케치를 한다.

남의 시간이 아닌 나의 시간을 살아야겠다고 마음먹었다. 내 시간을 온전히 내 것으로 만들고 싶어 프리랜서의 길을 택했다. 일에 파묻혀 있다 집에 오면 뻗어서 자고, 다음

날 아침이면 다시 일 무덤 속으로 들어가는 생활은 더 이상 하고 싶지 않았다. 지금은 일과에 쫓기지 않고 오늘 할 일을 최소한으로만 잡고 최대한 여유를 즐긴다. 물론 프리랜서다 보니 가끔은 생활고에 시달린다. 하지만 일이 몰릴 때는 회사에 다닐 때보다 더 바쁘게 일한다. 밤을 새우며 일에 매달린다. 그런 와중에도 약속을 잡고 사람을 만나고 나름의 휴식을 취한다. 직장인이었다면 상상할 수도 없는 생활이다.

언젠가 집안 행사에서 만난 친척 어른은 남들처럼 만원 버스도 타고 남들 일하는 시간에 일해야 남들처럼 결혼도 하고 아이도 낳을 수 있다고, 그런 삶이 행복한 거라고 했다. 나도 한때 그런 삶을 살았다. 그리고 원한 적도 있었다. 하지만 남들이 원하는 행복을 쫓아 가는 대신 나만의 행복을 찾는 데 노력하기로 했다. 가장 우선순위로 두는 것은 여유 있는 삶이다.

나의 여유란 이런 것이다. 평일 오후 나의 주 생활 무대는 합정, 홍대, 망원이다. 저녁 먹기엔 아직 이른 시간이지만 줄이 긴 중국집에 약간 이르다 싶게 도착한다. 물론 대기 줄 없이 바로 들어간다. 식사를 마치고 나올 때면 식당 앞에 줄이 길게 늘어서 있다. 맛집이 많기로 소문난 이 동네에서는 식사 시간에 맞춰 오면 30분 대기는 기본이다. 그런 인기 식당을 오래 기다리지 않고 이용하려면 나름의 요령이 필요하다. 쌀국수 가게는 11시에 가면 되고 텐동 가게는 오픈 30분 전에 미리 가서 이름을 써두면 된다. 각 식당마다 오래 기다리지 않고 먹을 수 있는 시간대를 찾는 노하우가 생겼다.

영화를 자주 보지는 않지만, 보고 싶은 영화가 있으면 되도록 상영 첫날 첫 회 조조 영화를 본다. 의외로 아침에 보는 영화는 집중도가 높아 기억에도 잘 남는다. 언젠가 관람객이 많은 저녁 시간에 영화를 본 적이 있는데 앞사람이 의자를 차지 말라며 뒤돌아보며 화를 낸 적이 있다. 나는 발로 찬 적이 없는데! 조조 관람을 하면 이런 불필요한 불화도 피할 수 있다. 조조 영화를 보는 관객들은 여유가 있어서 그런지 차분하다. 관람료 할인은 물론이고 "브루스 윌리스가 귀신이다!" 같은 경악스러운 스포일러의 폭탄을 맞을 일도 없다. 그런데 최근 코로나19로 영화를 보러 오는 사람이 줄어서인지 조조가 없어졌다. 조조 영화가 부활하는 그날을 기다린다.

버스 카드 단말기에 960원이라고 떴다. '어? 1,200원이 아니네?' 오전 6시 30분 이전에 버스를 타면 조조 요금이 적용된다는 사실을 새벽 운동을 하러 가면서 처음 알게 됐다.

합정에서 신촌까지 20분 정도 걸리는 길을 평소에는 걸어 다니다가 영하 10도까지 내려간 날, 새벽 버스를 타면서 우연히 알게 됐다. 새벽 운동을 가지 않았다면 여전히 몰랐을 것이다. 그 뒤로는 가끔 새벽 운동을 갈 때 할인 시간대에 맞춰 버스를 타려고 서둘러 출발했다. 하지만 최근에 좀 먼 동네로 이사 가는 바람에 아침 7시 전에는 시작하던 운동을 8시로 변경했다. 이 탓에 이른 출근자들과 움직이는 시간대가 겹쳤다. 좌석은 당연히 없고 내가 타기 전부터 이미 서서 가는 사람도 많았다. 조금 더 일찍 움직이기로 했다. 덕분에 일어나기 싫어 뒤척이는 시간과 일어난 뒤 빈둥거리는 시간이 줄었다. 이제는 먼저 도착해서 혼자 몸을 풀며 그 시간을 만끽하고 있다. 일출을 보며 하루를 시작하고, 버스에서 이른 아침을 맞는 것이 내게는 하루 중 가장 소중한 시간이 되었다.

아침 운동 덕분에 일찍 일어나는 게 습관이 됐다. 덕분에 새벽 시간을 활용해 작성한 대학원 연구 보고서로 무사히 석사 학위까지 받았다. 일찍 일어나면 주로 요가를 하거나 책을 읽고 작업 아이디어를 구상한다. 아직 해가 뜨지 않은 깜깜한 시간에 일어나 책이나 아이디어에 몰두해 있다 보면 서서히 해가 뜨며 창밖이 밝아온다. 어떤 날은 그날 할 일을 오전에 다 끝내기도 한다. 그런 날은 하루를 번 기분이 든다. 오후 시간은 온전히 자유니까. 또 새벽에 일어나려면 일찍 자야 하니 저녁 약속을 덜 잡고 술도 덜 마신다. 그렇다고 미라클 모닝같이 매일 아침 일찍 일어나지는 않는다. 어느 날은 일어나 책을 읽다가 다시 잠을 자기도 한다. 그날그날의 컨디션에 따라 유연하게 움직인다.

걷는 것을 좋아해 여행지에서도 가급적 걸어 다닐 수 있는 길로 다녔다. 미술관이나 성당 같은 관광지를 둘러보고 숙소로 돌아오는 길에 보는 노을은 하나같이 아름다웠다. 일부러 높은 곳을 찾아가 보는 노을과 달리, 길을 걸으며 보는 노을은 마음을 뿌듯하게 해준다. 오늘 하루를 또 잘 보냈구나 하는 기분이 든다. 다시 나의 일상인 서울, 노을이 가장 아름다운 장면을 놓치지 않기 위해 일몰 한 시간 전에 한강으로 나선다.

누구에게나 공평한 시간을 나만을 위해 고스란히 쓰는 것, 그 시간이 많으면 많을수록 여유 있는 삶을 살게 된다. 나는 오늘도 나만의 시간 사이를 여행한다.

(박재포)

3부

기억에 기댄 여행

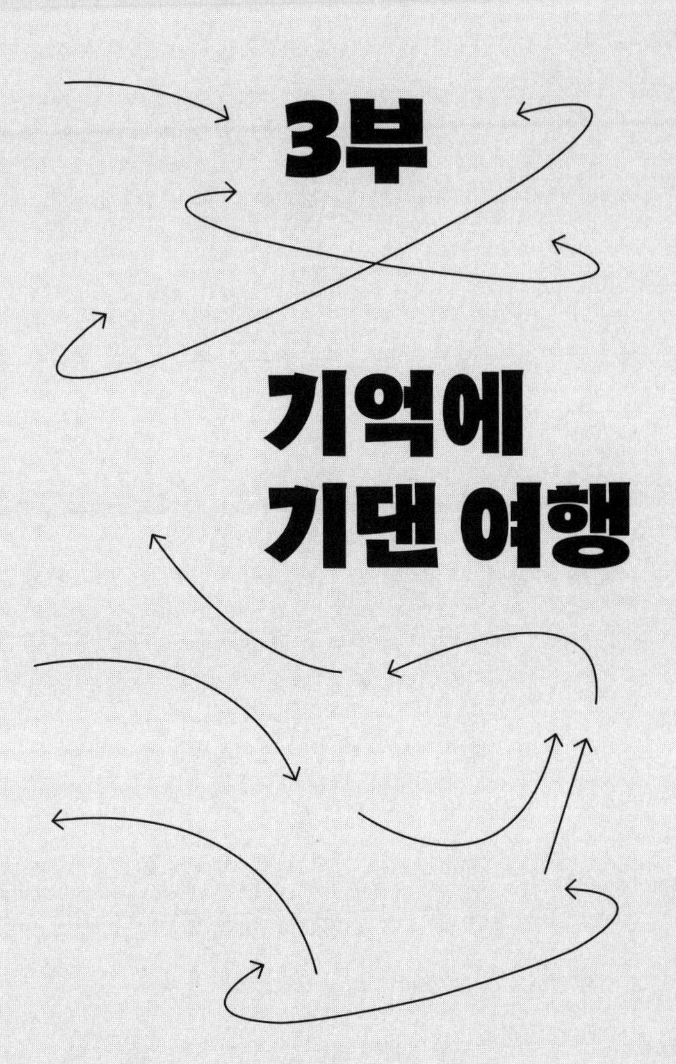

20. 기념품

오래도록 일상의 습관처럼

"어머 이렇게 새 거였나? 그럴 리가 없는데, 보풀이 엄청 심했는데." "내가 다 떼었다!" 그 많은 보풀을 손수 하나하나 떼어냈을 걸 생각하니 눈물이 앞을 가리기보다는 나도 모르게 '푸핫' 하고 웃음이 터졌다. 그게 뭐라고 가위를 들고 일일이 잘라냈을 나이 든 엄마의 표정이 떠올랐다. '이걸 버려~ 말아' 분명히 그랬을 거다. 냉큼 버리지 못한 건 아마도 덧버선에 대한 나의 집착을 알고 있기 때문이다. 겨울이면 꺼내 신는 열 살 된 덧버선. 겨울마다 내 발을 감싸주는 애착 아이템이다. 영하로 떨어지면 난방과는 거리가 먼 우리 집에서 반드시 있어야 할 덧버선. 이 아이템에는 사연이 있다. 2010년 백수가 된 나와 프리랜서로 일하던 친구 두 명이 같이 떠난 겨울 여행, 그것도 일본 여행에서 구해 온 아이였다.

한겨울 12월 말, 우리는 일주일 동안 일본 열도를 떠돌았다. 도쿄에서 삿포로 그리고 하코다테, 오타루를 거쳐 오사카에 도착했다. 따뜻할 줄 알았던 오사카는 예상보다 추웠다. 북쪽 지역이 난방을 잘해준 것에 비해 남쪽 오사카의 숙소는 난방이 거의 안 되었다. 첫날 우린 너무 추운 밤을 보내고 남은 회비로 3켤레에 천 엔, 우리 돈으로 1켤레에 3천 원 정도 하는 덧버선을 하나씩 샀다. 그리고 숙소에 돌아와서는 그걸 신고 캔 맥주와 피코 아이스크림을 안주로 먹었다. 차가워진 입과 따뜻해진 발이 여행자의 피로를 다독여 주기에 충분했다.

나는 덧버선을 신을 때마다 이제는 가지 못하는 그곳, 일본의 풍경을 신는다. 그때의 추위와 덧버선을 발견하고 환하게 웃던 친구들의 모습을 떠올린다. 여행 기념품을 사용하는 건 여행의 그 시절을 조각내어 사용하는 것과 같다. 그래서 겨울에는 덧버선 하나로 일본 여행을 한다. 마음 한쪽이 간질거리고 다운되었던 기분도 저절로 올라간다.

갑갑한 아파트 사이 그리고 높게 솟은 빌딩 사이를 걷다 아무것도 없는 땅을 보고 싶을 때면 막막한 지평선을 툭 하고 보여줬던 몽골이 그리워진다. 그럴 때는 지갑을 바꾼다. 몽골의 울란바토르에서는 가죽 제품이 저렴했다. 기념품 샵에 들어가 납작하고도 손에 딱 잡히는 장지갑을 하나 구매했다. 한국으로 돌아와 꺼내 보니 가죽 냄새가 정말 심했다. 쓸 때마다 가죽 냄새가 남아있어 야생의 느낌이 났다. 향수와 탈취제와 바람과 햇빛을 이용한 총공격으로 한 달 동안 공을 들여 냄새를 날려버리고 내 것으로 길들였다.

여행이 고플 때면 그 지갑을 가방에 넣고 외출을 한다. 그리고 현금을 쓴다. 여행을 할 때 돈 관리를 하는 총무 역할을 하는 경우가 많았는데 회비를 걷어 그 지역의 화폐를 지갑에 잔뜩 넣어 다니면서 식당에서 돈을 낼 때면 갑부라도 된 듯 기분이 좋았다. 그래서 서울에서도 가끔은 현금을 그 지갑에 넣고 외출을 한다. 그러면 서울을 걷고 있지만 울란바토르를 걷는 기분이 든다.

액세서리를 그다지 잘하는 편은 아닌데 손이 허전해 보일 때면 아주 가끔 반지와 팔찌를 한다. 뜨거운 태양 빛이 쏟아지면 터키의 돌마바흐체 궁전에서 사 온 반지를 꺼낸다. 당시 궁전의 입장료는 비쌌는데 관광객이 지켜야 할 규칙도 가격만큼 셌다. 사진 촬영은 아예 불가였고, 그곳을 기억할 방법은 나의 뇌와 눈을 믿는 것이 전부였다. 그래서 더욱더 기념품 샵에서 뭐라도 사 오고 싶었다. 나자르 본주(푸른 유리에 눈이 그려진 부적)를 재해석한 반지를 샀다. 그런데 내 손가락 길이를 가늠하지 않았다는 게 함정이었다. 액세서리는 임팩트 있는 제품을 좋아해서 눈에 들어온 예쁜 것을 사고 보니 내 작고 뭉툭한 손가락의 반을 가리고 말았다. 그럼에도 불구하고 손이 허전해 보이는 여름이면 여행의 순간을 꺼내는 것처럼 반지를 찾아 가운데 손가락에 끼어본다.

반지는 만지작거리기만 해도 기분이 좋아진다. 가끔 유리로 만든 링 반지를 끼기도 한다. 오타루의 유리 공방에 들어가 가장 가볍고 작은 기념품으로 몇 개의 유리 반지를 골랐다. 이 반지들 역시 여름에 끼면 아이들 장난감 뽑기에서 나온 반지 같아서 참 유니크하다. 물론 매우 좋아하는 액세서리 중 하나다. 손을 들어 햇빛을 가리다가 반지 낀 손의 반지를 다른 손으로 빙빙 돌려본다. 이럴 때 기념품은 마법 반지가 된다. 한여름이라도 그 겨울 오타루의 공방으로 순간

이동이 가능해진다.

걷기 좋고 산 타기 좋은 시절에는 이 아이템이 꼭 필요하다. 바로 등반 루트가 그려진 손수건이다. 전국 각지의 국립공원을 꽤 다녔는데 그 흔하디흔한 손수건을 왜 쟁여두지 않았나 싶게 아쉽다. 단 하나 갖고 있는 등반 기념품이 바로 설악산 장군봉 손수건이다. 뒷산을 올라도 이 수건으로 닦으면 비 오는 날 올라갔던 장군봉의 기억이 생생해진다. 등산을 즐겨 하지 않던 내가 꾸역꾸역 올라 기어이 만난 설악산의 모습은 '악' 소리 나게 좋았다. 신선이 나올 것처럼 안개와 이슬비가 내려앉아 구름 위에서 바라본 설악산은 그야말로 환상이었다. 그 후로 가끔 다른 명산도 올라가고 여러 국립 공원을 다녔는데 그때마다 그곳을 기념하는 손수건을 사진 않았다. 다 비슷한 것을 사서 뭐 하나, 하는 생각을 했는데 그게 아니었다.

기념품은 다 같을 수가 없다. 각각의 다른 냄새와 추억을 갖고 있다. 힘든 산행의 끝에서 마침내 획득할 수 있는 나만의 전리품이기도 했다. 이제 국내 여행을 떠나면 손수건을 하나씩 사서 쟁여둘 참이다. 그건 뭐에 쓸 거냐고? 일단,

대야에 물을 받아 손수건을 넣고 색소를 쏙 빼야 한다. 멀쩡한 옷이 물들 수 있으니까. 반드시 염료의 색을 뺀 후에 사용하는 것이 좋다. 땀이 많은 나는 여름에는 목에 두르는 용도로 사용한다. 그리고 기왕이면 잘 접어서 글자보다는 무늬가 보이게끔 한다. 복학생 패션이나 아재 패션이라는 놀림을 받아도 좋다. 살아온 시간의 층이 겹겹이 쌓인 이들에게 기념이나 추억을 곱씹는다는 것은 이 세상 무엇과도 비교할 수 없는 애틋한 일이다.

가을이면 더 자주 드는 특별한 가방이 있다. 그것은 뉴욕에서 산 가방으로 역시 여행에서 가져온 기념품이자 벼룩시장에서 경쟁자와의 싸움에서 빠른 손놀림으로 낚아챈 전리품이다. 나에게 기회를 뺏긴 사람의 '썩소'를 아직 잊지 못한다.(죄송!) 그 가방을 발견했을 때, '어머 이건 내 거야! 누구에게도 뺏길 수 없어'라는 심정으로 원래 주인에게 돈을 던지듯 건네고 재빨리 샀던 기억이 난다. 3.5달러였는데 4달러를 주고 잔돈도 받지 않았다. 어디를 가도 눈에 띌 법한 유니크한 크로스백이었다. 가죽 조각을 패치워크 스타일로 이어붙여 만든 건데 쓰면 쓸수록 기분 탓인지 뉴요커가 되는 기분이 든다. 사이즈가 조금 작은 게 흠인데 책을 포기하고 외출할 때면 적당하다. 가을은 물론이고 계절에 상관없이 자주 이용한다. 마트에서 가방을 메고 외국 소스가 가득 차 있는 구역을 지날 때면 나도 모르게 여행하는 착각이 든다.

친구들과 떠나는 여행에서 공동 경비가 남으면 그 지역의 특산품인 비누를 사 오곤 했다. 천연비누의 향기로도 일상 여행의 기분을 느낄 수 있다. 규격화된 일반 비누의 향기가 아니라 손을 씻을 때마다 금방 여행에서 돌아와 가져온 선물이며 짐을 푸는 느낌이 들어서 좋다. 호텔의 어메니티를 챙겨오는 것도 같은 이유이다. 여행의 향기를 기억하는 방법이다.

나는 하나의 아이템만 고집하는 것도 아니고 같이 떠나는 다른 이들에 비하면 기념품을 많이 사는 편도 아니다. 다만 일상으로 복귀했을 때도 자주 이용할 수 있는 걸 주로 샀다. 식품은 먹으면서 그때의 맛과 냄새와 포근함 같은 것을 몸에 새길 수 있어 좋고, 에코백이나 노트, 필기구 등은 쓸 때마다 그때의 기억을 들춰내기 좋다. 사고는 싶은데도 덥석 사게 되지 않고 자제하는 것 중 하나가 인형이다. 작은 인형을 좋아하는 친구가 사면 옆에서 구경을 했다 한국으로 돌아와 그 친구 집에 놀러 갈 때면 인형들의 안부를 챙긴다. 우리의 추억이 잘 보관되어 있는지 살펴보는 재미다.

여행의 공기를 머금은 채 내게로 온 것은 다 의미가 있어서 남이 준 기념품들도 잘 쓴다. 마카오에서 온 핀을 청재킷에 붙이거나, 무지개 색깔이 나오는 모마 색연필을 예쁘게 깎아서 엽서에 알록달록 손글씨를 쓰거나, 태국 느낌이 물씬 나는 컵 받침도 여행이 그리울 때면 꺼내 쓴다. 핀란드 헬싱키에서 사 온 무민이 그려진 일회용 밴드도 서랍 속에 있다. 상처가 나지 않으니 쓸 일이 없다. 패션으로라도 붙여야겠다. 오스트리아 빈에서 사온 핀들도 이번 여름에는 에코백에 하나씩 붙여야겠다.

나를 위한 기념품을 쇼핑하던 여행의 마지막 날, 같이 오지 못한 이들에게 전할 기념품을 사러 돌아다니고 어떤 것이 어울릴까 고민하던 시간들이 다시 오면 좋겠다. 그리고 오래도록 일상의 습관처럼 쓸 수 있는, 그래서 그때를 떠올릴 수 있는 아이템을 다시 구입할 수 있으면 좋겠다.

참, 나의 애착 기념품인 덧버선의 보풀은 싹 사라져 눈부

시도록 뽀얗게 변했는데, 한 해 신고 나서 다시 빨아 넣으려고 보니 뒤꿈치 쪽으로 구멍이 날락 말락 한다. 다시 겨울이 오기 전에 기워야겠다.

(서미현)

21. 이사

가벼운 여행자로 살아가기

2020년 여름, 이사를 앞두고 귀에 딱지가 앉게 들은 말이 오래된 짐을 새집에 가져가지 말라는 거였다. 어차피 가져가도 결국 정리하지 못하고 다음 이사 때까지 가지고 있게 된다고. 하지만 무언가를 버리는 작업 자체가 감정 노동인 나로서는 시험을 앞둔 수험생이 공부보다 책상 정리에 시간을 허비하듯 물건을 버리는 대신 사진을 찍는 데 열중하고 있었다. 다 찍어서 사진이라는 형식으로 간직해 둔 후에야 홀가분하게 버릴 수 있을 것 같았다. 별거 아닌 것도 다시 못 본다 생각하면 갑자기 그리워지지 않는가? 여행을 다닐 때는 머문 기간이 너무 짧아서 아쉽다고 생각했는데, 20

년을 머문 장소도 떠나려니 아쉬움은 매한가지였다.

그 집은 지금까지 인생이라는 긴 여행에서 가장 오래 머문 숙소였다. 주방에서 버릴 것을 나열하다 마음이 복잡해지면 책장으로 도망가고, 버릴 책과 남길 책 사이를 방황하다 선택이 힘들어지면 옷장으로 도망가고, 결국 에너지가 고갈돼서 침대에 드러눕기를 반복했다. 망했다. 물건이 뭐라고. 왜 이리 이별을 고하는 게 어려울까.

2001년 여름, 처음 그 집을 만났다. 한여름이라 땀을 뻘뻘 흘리며 이사를 했는데도 창밖으로 야구장이 보이는 22층 꼭대기 층의 풍경과 후드득후드득 새시를 흔들어 대는 바람이 참 시원하다고만 생각했다. 비가 내리면 물 고인 야구장에서 '개굴개굴개굴개굴 개굴개굴개굴개굴' 밤새 지치지도 않고 개구리의 합창이 이어졌지만 귀엽고 유쾌하고 정겹기만 했다. 겨울이면 바람이 혹독하게 들이닥치고 맨 가장자리 꼭대기 층의 집은 꽁꽁 얼어붙었지만 그래도 창밖으로 저 멀리 조그맣게 남산 타워가 보이는 휑하고 쓸쓸한 풍경이 운치 있게만 느껴졌다. 매일의 풍경이 인상적이었고, 아름다웠고, 소중했다. 익숙해질 때까지는 그랬다. 몇 년 후 집

앞으로 공사가 시작되고, 개구리의 합창이 새로 지어진 건물 주차장의 경고음으로 바뀌고, 4차선 대로에서는 새벽마다 오토바이 질주 소리가 울려 퍼지기 시작하면서 베란다에서 풍경을 바라보는 시간은 확연히 줄어들었다. 나중엔 봄이 되어 건너편에 벚꽃이 흐드러지게 피어도 시큰둥해졌다.

익숙해지면 단점이 크게 보인다. 늦게까지 길게 해가 들어오는 서향집의 특성 때문에 매번 에어컨 없이 버티다 탈진 상태로 잠들게 되는 여름이 싫어졌다. 더위에 항복하고 안방에 에어컨을 달았지만 열대 기후인 필리핀에서도 충분하다는 사이즈가 서향집에서는 안 통했다. 결과적으로 텔레비전도 없는 안방에 처박혀 여름을 나야 했다. 겨울이 되면 거실과 베란다의 외풍이 거세져 또 안방에만 머물렀다. 갈수록 집이 좁고 답답하게만 느껴졌다. 거기다 옥상 어딘가에 금이 갔는지 장마철이면 누수가 생기고, 가을이면 다시 도배하는 패턴이 시작되었다. 비 오는 소리와 축축한 공기를 사랑하는 사람이라도 비라면 질색하게 만드는 끔찍한 반복이었다. 나중엔 불면증도 생겨서 밤마다 집안 곳곳을 헤매고 다녔다. 우수관과 환기구의 바람 소리를 차단하려 문을 꼭꼭 잠가도 보고, 방의 온도와 습도도 조절해 보고, 관리실에 찾아가 사정한 끝에 침실 위에 위치하고 있던 중계기 자리도 옮겨봤다. 하지만 상태는 나아지지 않았다. 나중엔 지면에서 번 22층에 오래 산 자체가 불면증과 체력 저하의 원인이라는 생각까지도 들었다. 어서 빨리 그 집에서 탈출하고 싶었다.

그렇게 꿈에 그리던 이사 날짜가 확정되었는데 집을 떠나야 한다는 생각으로 심란해지다니 참 웃긴 일이었다. 이사를 며칠 앞두고 새벽 5시에 잠에서 깬 날, 다시 잠들려 애쓰기보다 그동안 미뤄둔 베란다 풍경 사진을 찍겠다 마음먹은 건 그런 아쉬움에 이별을 고하고 싶어서였다. 새벽 시간이라 그런지 베란다는 한여름인데도 시원했다. 자리를 잡고 앉아 핸드폰으로 사진을 찍다 보니 서서히 동이 트기 시작했고, 어느 순간 바람이 불고 저 아래 1층의 나무가 거칠게 흔들리나 싶더니 이후로 조금씩 지저귐이 귓가에 들려왔다. 독창과 중창, 합창이 끊임없이 이어지는 오페라처럼 조용하게 시작한 지저귐은 조금 크게 화음을 이루다가 나중엔 풍성한 합창이 되어 울려 퍼졌다. 그리고 잦아들었다 다시 커지며 아름다운 곡으로 이어졌다.

새소리를 BGM 삼아 1층 나무부터 하늘까지 영상으로 찍어보고, 반대로 새벽 빛깔의 하늘부터 초록의 나무로 이어지는 풍경도 찍어보았다. 택배 차량과 주차장의 소음이 시작되기 전까지 연신 녹화 버튼을 눌렀다. 너무 춥다고, 너무 덥다고 불평하며 방문을 꼭꼭 걸어 잠그고 들어앉아 있는 동안에도 바깥은 늘 이렇게 아름다웠을 텐데. 떠나기 직전에야 '결국 집이 문제가 아니었다'는 당연한 사실을 이별 선물로 받아 들었다. 그날 저녁엔 서향집의 특권이라 할 수 있는 아름다운 일몰과 노르스름하게 물드는 주방과 거실의 풍경을 오래도록 바라보았다. 베란다에 요가 매트를 깔고 창고에 처박아 둔 작은 테이블을 꺼내 티타임도 가졌다. 마지막으로.

새 아파트는 예상보다 더 낯설었다. 이사 전에 사전 점검이라는 걸 갔더니 휑한 공간에 먼지만 자욱하게 쌓여 있었다. 바닥도 닦지 않고 대충 돗자리를 펼치고 앉았더니 창문 밖은 풀벌레 소리만 간간히 들릴 정도로 조용했다. 아무것도 없고 정리되지 않은 공간이 의외로 괜찮았다. 이사 업체와 청소 업체, 줄눈 시공과 탄성코트까지, 그날 당장 예약해야 이사 날짜에 맞출 수 있다고 압박하는 숙제가 한가득 밀려 있었지만 일단은 아무것도 안 하고 그 낯섦을 느껴보기로 했다. 어차피 코로나19로 여행도 갈 수 없는 데다가 일주일 휴가까지 낸 터였다. 이삿날을 못 맞추면 또 어떤가.

'짐을 아예 옮기지 않고 이렇게 아무것도 없는 상태로 계속 지내보면 어떨까? 리조트나 호텔이 좋은 이유는 짐이 없어서가 아닐까? 긴 여행을 다닐 때도 배낭 두 개면 충분했고, 지금 집에 있는 물건 대부분은 당장 없어도 불편하지 않은 것들이다. 있는 것에서 조금씩 버리는 것보다 하나도 없는 상태를 유지하는 게 쉽지 않을까?'

물론 그런 생각을 실천에 옮기지는 못했지만 시간도, 공간도, 마음도, 다 여유가 필요하다는 약간의 힌트를 얻은 것 같았다. 며칠 후 많은 짐과 함께 이사를 했지만 한동안 가스레인지에 가스를 연결하지 않았다. 어차피 낯선 곳에 묵게 되었으니 여행이라도 온 것처럼 대충 음식을 사 먹으며 여유롭게 지내보겠다는 생각에서였다. 나는 식사 때가 되면 슬리퍼를 끌고 동네에 새로 나타난 하이에나처럼 어슬렁거리며 먹을거리를 찾아 돌아다녔다. 장기간 여행하던 그때처럼, 특별한 목적도 없이 어떤 사람들이 뭘 해 먹고 사는 동네

인지 두리번거리면서 주변을 배회했다. 마음속으론 한껏 여유를 부렸지만 낯선 공간을 탐색하는 중이라 아드레날린이 솟는 게 느껴졌다. 약간 긴장하고 예민해진 상태, 그런 감각을 느긋하게 즐겼다.

이사를 하고 일 년이 지났다. 하지만 여전히 새집은 낯설다. 결국 버리지 못하고 들고 온 짐은 짬이 날 때마다 당장 버리겠다는 마음으로 사진으로 찍어둔다. 버릴 짐이라고 사진으로 표시한 후 실제로 버리는 데까지는 여전히 시간이 꽤 걸려 잘 버리는 사람이 본다면 답답해 미칠 지경이겠지만 나름대로 만족하고 있다. 코로나19의 상황은 끝날 기미가 안 보이고, 그러니 우리에겐 시간과 여유가 있지 않은가. 물론 물건을 버리는 데 쓰는 시간만큼이나 물건을 다시 모으는 데 쓰지 않도록 조심하는 수밖에.

흔히 여행이 즐거운 이유는 돈과 시간을 펑펑 쓸 수 있기 때문이라고 한다. 하지만 돈과 시간을 써도 목적이 생기면 힘들어진다. 뭔가 꼭 경험해야 할 것 같고, 놓치지 않고 즐겨야 할 것 같은 불안함. 그걸 벗어나야 여행은 즐거워진다. 결국 여행이 가져오는 여유로움은 '목적 없음'에서 나오는 것 같다. 그러니 여행 같은 일상을 만들기 위해서는 가끔 동네를 배회할 필요가 있다. 살 것도 없는 시장을 기웃거리고, 빠르게 걷는 사람과 자전거를 피해 강변도 어슬렁거리고, 다듬어지지 않은 풀 더미 사이로 새들이 떼로 옮겨 다니는 모습도 지켜본다. 그러다 보면 사진으로 담아두고 싶은 예쁜 순간을 만나게 된다. 그것이 바로 목적 없는 여행자의 기쁨이다.

새집도 동네도 결국은 익숙해지겠지만 일년이 지난 지금까지 낯선 마음을 유지하고 있으니 일단은 성공이다. 지금처럼 버릴 것을 계속해서 버리면서 짐은 들이지 않는 가벼운 여행자의 마음으로 살아보고 싶다. 언제든 목적지가 정해지면 바로 떠날 준비가 된 채로, 어떤 미련도 발목을 잡을 수 없는 투명한 상태를 유지해 보려 한다. 오래오래.

(차매옥)

22. 전망

높이마다 새겨진 여행의 기억

언제부터 전망을 좋아했을까? 높은 데를 올라가면 떨리고 무서운데, 그럼에도 전망을 좋아하는 건 왜일까? 늘 궁금했던 원초적 아이러니에 대한 답을 찾다 보니 어린 시절 검은 자개장롱이 불현듯 떠오른다.

롱롱타임어고우, 안방 인테리어를 책임졌던 필수템 자개장롱은 천장과도 그리고 바닥과도 절대 어울리지 않겠다는 굳은 의지로 안방 제일 좋은 자리를 선점해 위풍당당하게 서 있었다. 압도적인 존재감 덕분에 열이 나고 아플 때는 그 안에서 귀신이 나오는 걸 보기도 하고, 어떤 날은 그 안에 들어가 침대처럼 누워있기도 했다. 모두가 밥벌이를 나가고 집에는 외할머니와 나만 있던 어느 날, 나는 닫혀있던 장롱문을 열었다. 하지 말라는 건 절대 하지 않는 내가 어쩌다 장롱문을 열고 등반을 시작했을까? 문을 열었으니 올라가고 싶었고 그렇게 매달려 역사적인 장롱 등반이 시작되었다. 빙벽보다 더 미끄러운 길이었다. 비단이 아닌데 비단같이 미끌거리는 이불과 목화솜이 잔뜩 들어간 무거운 요 사이에 다리를 넣었지만 무서워서 이불을 밟고 올라가지는 못했다. 결국 이불을 아래로 밀어내 버리고는 장롱 선반 위에 올랐다.

내가 본 최초의 전망은 혼돈 그 자체였다. 납작 엎드려서 내려다본 방안은 기이하게 일그러져 있었다. 평소 봐오던 모습과는 달랐다. 내가 바닥으로 밀어내 버린 이불은 무덤을 이루고 있었고, 직사각형 방은 뒤틀어져 사다리꼴로 보였다. 뱃속이 가렵고 어지러움 같은 것들이 속에서 올라왔지만, 서서히 기분 좋은 감각을 느낄 수 있었다. 높은 데서 아래를 내려다보는 광경을 좋아하기 시작한 건 아마 그때부터였던 것 같다.

높이가 달라졌을 때 보이는 장면의 뒤틀림이 좋았다. 장롱 등반에서 벗어나 더 높은 다락방에 혼자 오르기 시작했다. 엉금엉금 네 발로 올라가 다락방에서 놀다 내려다보면

만두를 빚고 떡을 썰던 엄마, 외할머니, 이모들의 정수리가 보였다. 때로는 외할아버지 혼자 지직거리는 라디오의 주파수를 맞추다가 나와 눈을 맞추고는 무심히 다시 라디오를 듣던 장면. 지금은 만화경 안의 사진처럼 떠오른다.

다락방 등반까지 마스터하고서는 동네 아이들과 노는 일에 집중했다. 남의 집 계단 위에서 뛰어내리는 걸로 용기를 테스트하곤 했는데, 겁이 많아 내 키 높이 정도의 전망대만 올랐다. 그 후로도 높이가 뚜렷하게 높아지진 않았다. 철봉 높이도 무서웠고, 학교 옥상이나 아파트 3층에서도 어지러움을 느껴 창 가까이는 가지 못했다. 놀이공원 관람차, 케이블카 같은 내 몸을 잡아주고 시선을 가리는 무언가가 있는 곳에서만 무서움과 안전함을 동시에 느끼면서 고개를 들고 풍경을 즐겼다.

나이를 먹어가는 어른의 전망은 하늘을 향해 점점 높아진다. 어느 해 6월 6일. 우중충한 현충일에 즉흥적으로 찾아간 번지 점프대 위에서 모두가 겁먹은 얼굴로 나를 지켜보았다. 누가 등 떠민 것도 아닌데 나는 뛰어내리고 있었다. 나는 '나의 높이'를 갖고 싶었다. 장롱과 다락방이 아닌

44m. 우리나라에 처음 세워진 번지점프대는 44m였다. '간헐적 고소 공포인'인 내가 내 키의 서른 배 가까운 높이의 번지 점프대에 각서를 쓰고 올랐다. 눈 앞에 펼쳐진 광경을 보니 이걸 하지 않으면 안 될 것 같았다. 공포가 두 다리를 붙잡고 있는데도 전망 속으로 힘껏 나를 던져버렸다. 풍덩. 그때의 나는 회사 다니는 게 힘들었고 매일 지친 야근에 시달렸다. 어쩌면 전망이 없는 삶이라 전망을 갈구했는지 모르겠다. 자유낙하 후에 높아졌다 낮아졌다, 멀어졌다 가까워졌다, 비틀어지는 하늘과 땅, 어그러지고 재조합되는 광경은 지금도 내 몸 어디쯤에 날카롭게 새겨져 있다. 실제로는 짧은 순간이었지만 내 눈앞에서 360도로 아래위가 뒤집히는 슬로우 모션의 역동적인 전망은 최첨단 드론으로 촬영해도 흉내 내지 못하는 장면이었다.

그날 이후 나는 더 높은 곳의 전망을 그리워하기 시작했다. 그런 욕구가 스멀스멀 올라올 때마다 돈을 차곡차곡 모았다. '나는 괜찮다 괜찮다'를 주문처럼 외우며 일했다. 마치 영혼을 파는 것 같은 기분이 들었지만 열정이라 말하고 좋아하는 일을 하는 거라 자위했다. '괜찮다'는 말은 별로 괜찮지 않을 때나 쓰는 말이었다. 나는 일을 하면서 괜찮지 않음을 증명이나 하듯 전망을 찾고 기웃거렸다.

사무실에서 캄캄한 밤과 빛이 찾아오는 새벽이 계속해서 이어지던 어느 날, 나는 비행기를 타고 뉴욕의 록펠러 센터에 갔다. 나는 공항에서 내리자마자 'Top of the Rock(록펠러센터 루프탑)'을 찾았다. 아메리카 합중국의 전망을 보면 내 전망이(앞날이) 밝아질까? 노을이 지고 바람이 불고 눈물이 조금 났다. 센트럴 파크는 내 발밑에 있었고, 크라이슬러 빌딩은 손에 잡힐 듯 가깝게 있었고, 엠파이어스테이트 빌딩은 우리를 거만하게 내려다보았다. 결국 미국의 전망은 내가 기억하지 않으려 해도 선명하게 망막에 새겨지고 말았다. TV, 영화, 광고, 사진, 책 여행기와 SNS 등 어디서든 뉴욕의 한 조각 풍경을 만나게 되면 그날의 모든 순간들이 자동 재생된다. 아직도 그 순간, 그곳에서 '전망'을 보며 '전망'을 고민하던 내가 기특하고 안쓰럽고, 아주 조금은 다행이었구나 싶다.

몇 해 뒤 겨울. 나는 세계 3대 야경이라는 누가 정했는지도 모를 그 말을 무작정 믿고서 어두컴컴한 일본 홋카이도의 하코다테 전망대로 향했다. 케이블카를 타고 올라간 그곳에서는 야경을 보기도 전에 쌍따귀 세례부터 맞았다. 미친 듯이 달려드는 바닷바람이 좌우를 후려치는 통에 정신을 차릴 수가 없었다. 태어나 그런 바람은 처음이었다. 얼굴이 얼얼했다. 가끔 그날 찍었던 동영상을 보는데, 귀곡성 같은 바람 소리와 함께 친구들의 횡설수설이 들린다. 다시 느낄 수 없는 그 순간. 다시 돌아가지 못하는 그때. 세계 3대 야경은 아름다웠지만 너무 추웠다. 그렇게 전망은 늘 절반의 성공만 가져다준다.

터키 카파도키아에서 열기구를 타기로 했는데, 바로 전날 추락 사고가 있었다. 우리는 열기구 예약을 취소하지 않았다. 확률적으로 어제 그랬으면 오늘은 안전하지 않을까 하는 자기 암시를 믿어봤다. 열기구 하단부는 피크닉 바구니를 키워서 샌드위치 대신에 사람을 넣은 형태였다. 열 명 넘게 타니까 바구니 안이 좁았다. 그 안은 아늑했지만 그 어떤 안전장치도 찾아볼 수 없었다. '간헐적 고소 공포인'인 나는 아름다운 전망이 열려야 무서움의 게이지가 줄어드는데, 구름이 모든 걸 가리고 있었다. 앞이 보이지 않는 두꺼운 구름 속에서 공포감만 극대화되고 있었다. 눈을 감았다. 그러고서 한참이 지났다. 어느새 열기구는 구름을 벗어나 카파도키아의 전경 속으로 쑥 들어와 있었다. 지구에서 본 적 없는 땅의 표면이 사방팔방으로 펼쳐졌다. 바구니 우주선을 타고 다른 행성을 보는 느낌이 들었다. 그때 우리는 외계인이 되었다.

광화문 앞 빌딩의 어느 꼭대기 카페, 도심이 내려다보이는 루프탑 호프집, 집 안의 창, 작업실의 창, 한강 변의 미술관, 아주 높지는 않아도 약간의 높이만 달라지면 나는 언제든 여행을 한다. 그동안 다녔던 여행지의 전망이 높이의 마디가 되어 새겨져 있다. 그래서 그 높이에 다다르면 자연스럽게 여행의 추억과 그때 봤던 전망이 떠오른다. 그리고 전망과 함께 밀려나 있던 감정이 같이 떠올라 수다를 떨다가도 잠시 멍해진다. 얕은 미열이 일어날 것 같은 어지러움과 그 끝에 매달려 있는 상쾌한 공포, 하늘과 바람과 같이했던 이들의 목소리가 함께 공명하면서 순간 이동을 한다.

(서미현)

23. BGM

그곳으로 떠나는 타임머신

산책의 필수품을 챙긴다. 핸드폰, 손수건, 블루투스 이어폰. 블루투스 이어폰은 너무 기계적(?)이라 그동안은 유선 이어폰을 고집했는데, 막상 쓰고 보니 이 좋은 걸 그동안 왜 안 썼나 싶다. 괜한 고집은 부리는 게 아니었다. 핸드폰에는 산책용 노래들을 담아본다. 어떤 날은 미리 정해둔 한 곡만 줄기차게 듣기도 하고, 또 어떤 날은 그날의 하늘과 구름 그리고 온도와 햇빛에 어울리는 음악이 뭐가 있는지 찾아보기도 한다. "이 노래들 괜찮겠니?" 뮤직 스타트!

하기 싫은 공부를 억지로라도 하는 척해야 할 때, 안 나오는 아이디어를 걸레 짜듯 비틀어 짜야 할 때, 음악은 빠지지 않았다. 야간 자율학습 때도 이어폰을 옷소매 안에 넣어 왼손으로 턱을 괴고는 라디오를 들었고, 교과서는 안 가지고 다녀도 도시락과 휴대용 카세트는 반드시 갖고 다녔다. 어른이 되어 사회생활을 하고, 야근을 할 때도 음악은 노동요가 되어 내 귓가에 달콤한 캔디처럼 울려 퍼졌다. 그러면 일도 더 잘 되는 것 같았다. 몰입이 되면 엄청 빠른 비트의 노래들이 들리지 않는 초현실적인 상태가 좋았다. 공부 스트레스와 노동의 짠 내를 빼기에는 음악만큼 좋은 게 없었다. 한동안은 자연의 소리가 더 좋아지는 것 같아 음악을 잠시 듣지 않았는데, 아니었다. 여전히 나의 심장과 귀와 어깨와 마음은 좋은 음악을 만나면 압도당하고 굴복당한다.

어느 추웠던 겨울. 청평으로 엠티를 갔었다. 누가 시키지도 않았는데 술을 마시고 세상 모든 고민과 숙취를 끌어안고 친구들과 함께 뒹굴었다. 다음 날 정신을 차리고 기차를 타고 돌아와 역 근처에서 짬뽕 국물로 뒤풀이를 하고 각자의 집으로 돌아갔다. 한숨 자고 눈을 떴다. TV에서는 '대학가요제'를 하고 있었다. 나는 드러누워 있다가 둥둥거리는 전주를 듣고 벌떡 일어나고 말았다. 조곤조곤 내뱉다가 내달리는 후렴까지. 처음 듣는데도 최고였다. 그 노래는 알코올에 절여진 나의 뇌를 일깨웠다. 이렇게 심란하게 좋은 노래라니. 무한궤도의 〈그대에게〉는 내 예상대로 대상을 차지했다. (무한궤도의 〈그대에게〉는 1988년 대상 곡이다. 그러니 내가 봤다고 기억하고 있는 것은 그 이후의 자료 화면이다.)

엠티에서 들은 것도 아닌데 이상한 기억의 오류로 그 후로는 엠티를 가도, 대학가요제를 떠올려도, 대학 축제에 놀러만 가도 '빠빠밤밤'이 생각났고 귓속에서 계속 울려 퍼졌다. 이제는 그냥 아무렇지 않게 청춘이라는 단어를 입에 올려도 〈그대에게〉가 자동 재생이 된다. '무한'도 좋은데 '궤도'라니. 게다가 '그대에게' 라니. 나한테 말하는 건가? 당시에는 정신을 차릴 수 없을 정도로 그 곡에 빠졌다.

청춘의 BGM 같은 건데, 지금도 〈그대에게〉는 여행을 떠날 때 듣는 나의 필청곡이다. 비행기를 타고 이 노래를 들으면 내가 우주로 달려가는 것처럼 기분이 좋아진다. 지금도 '심란하게' 여행을 떠나고 싶은 아침이나 화이팅이 필요한 날이면 〈그대에게〉를 듣는다. 전주만으로도 두 주먹을 불끈 쥐고 로켓처럼 튀어 오를 수 있게 해준다.

대학교 앞 레코드 가게에서 파트타임 아르바이트를 한 적이 있다. LP와 테이프를 팔았는데, 장사가 썩 잘 되진 않았다. 손님을 기다리며 내가 좋아하는 노래, 서태지 1집을 틀어 놓고 고개를 까닥거리며 밖을 구경했다. 세상 사람들은 요상하다고 했던 서태지의 노래를 나만 좋아하는 것 같았다. 그 후로 나는 신승훈보다는 서태지 테이프를 미니 카세트에 넣고 다녔다. 친구들과의 제천 여행에서는 2집 테이프를 들고 갔다. 비 오는 날 친구의 트럭을 타고 길을 헤매며 듣던 노래, 단양의 도담삼봉을 보고 나서 허름한 식당에 들어가 휘발유 냄새가 나는 경월 소주를 마시며 듣던 노래, 서태지의 〈우리들만의 추억〉이었다. 당시에는 모든 세계와 일상이 모조리 서태지로 수렴되곤 했는데, 〈우리들만의 추억〉을 들으면 늘 그때의 내가 되어버린다. 여기에 서태지와 아이들의 또 다른 곡인 〈마지막 축제〉까지 함께 들으면 빗속에서 청춘 영화를 찍는 것처럼 싱그러웠던 날이 퐁퐁 떠오른다. 징그럽고도 캄캄한 앞날이 펼쳐질 것도 모른 채 낄낄대던 그때. 철없던 시절이 그립다.

요즘에는 BTS의 〈피땀눈물〉을 다시 들을 때마다 웃음이 터진다. 몽골 바양작에서 봉고차가 고장이 나는 바람에 (몽골에서 차 고장은 필수 옵션 사항이니 너무 놀라지 말자.) 가이드와 운전기사는 우리를 잠시 방치해 두고 고장 난 자동차 부품을 구하러 자리를 떴다. 봉고차에 앉아 그들을 기다리며 노래를 들었다. 같이 간 D는 "언니는 무슨 노래 들어요?"라고 물었고, "피땀눈물" 이라고 핸드폰을 보여줬더니 D는 배꼽이 빠지도록 웃었다. "피땀눈물이라뇨. 언니!" 너무 예상치 않던 노래였던 걸까? 하지만 그 당시에 나는 피와 땀, 눈물을 흘리며 너무 열심히 영혼을 팔던 시절이었다. 악뮤의 〈다이너소어〉와 퍼렐 윌리엄스의 〈Happy〉라는 곡도 있었는데, 아이러니하게도 나의 노동요는 여행요가 되어 몽골까지 쫓아왔다. 그래도 BTS의 〈피땀눈물〉을 들으면 힘들었던 일은 생각나지 않고 몽골의 바양작이 떠오르니 정말 다행이다. 그렇게 노래는 여행의 멱살을 끌고 나타난다. 불쑥불쑥.

영화《중경삼림》에 나왔던 〈California Dreaming〉을 들으면 아직도 가보지 못한 홍콩의 거리를 걷는 기분과 역시나 가보지 못한 캘리포니아를 동시에 꿈꾸게 된다.《라라랜드》의 음악을 들으면 가보지도 않았는데 가본 것 같은 느낌의 LA가 그려진다. 특히 라이언 고슬링과 엠마스톤이 함께 부른 〈City of Stars〉는 기분이 울적할 때 들으면 더 울적해진다. 쓸쓸함이 별처럼 반짝거리는 음악이다. 너무 다운되었다 싶으면 〈Anther Day of Sun〉을 듣자. 자고 있던 여행 본능이 들썩거린다. 그렇게 이 곡 저 곡을 반복하다 보면 평정심을 찾을 수 있다. 매번 우리 여행 모임의 여행지 탈락 1순위가 LA였는데, 영화 《라라랜드》를 보고서는 가보고 싶은 곳 1순위가 되었다. 언젠가 LA의 도로 위에서 음악을 들으며 서울의 지금을 그리워하면 좋겠다.

'Mama~'로 시작하는 노래를 들으면 금세 웸블리 스타디움의 라이브 에이드 공연으로 떠날 수 있다. 유튜브에 올라와 있는 영상으로 프레드 머큐리와 눈을 마주칠 수 있으니 세상 좋아졌다는 감탄을 안 할 수가 없다. 퀸의 〈Bohemian Rhapsody〉를 들으면 한여름 베란다에 배를 깔고 엎드려 라디오를 들으며 바캉스를 즐겼던 때가 떠오른다. 최근에 히트 친 영화 《보헤미안 랩소디》까지 보고 온다면, 이제는 컴컴한 영화관이 비행기가 되고 귀에 들리는 음악이 웸블리 스타디움으로 나를 이동시킨다. 노래 한 곡이

타임머신이 된다.

긴 여행을 떠나게 되면 한 달 전부터 BGM 리스트를 짜서 폴더에 모았다. 친구에게 리스트를 받기도 하고 그 지역에 어울릴 만한 것들을 골라서 담기도 했다. 그러나 비행기 안에서는 영화를 보다 쓰러져 자고, 여행지에서는 친구들과 이야기하며 걷기 바쁘다 보니 잘 안 듣게 되었다. 현지의 소리가 음악인데, 굳이 이어폰을 끼고 다닐 이유도 없었다. 다만, 혼자 있는 시간이 생길 때는 준비해간 BGM이 빛을 발했다. 그리고 그 음악들이 여행을 끝내고 다시 서울로 돌아오면, 훌륭한 타임머신의 역할을 했다.

최근에는 떠나지 못하는 시간이 길어짐에 따라 여행의 BGM으로 산책길을 나선다. 오아시스의 〈Don't Look Back in Anger〉나 〈Wonderwall〉 정도로 영국을 걸어보고, 건즈 앤 로지스의 〈Welcome to the Jungle〉로 정글 투어도 해본다. 조용필의 〈서울의 달〉과 〈바람의 노래〉를 들으면서 담담하게 서울 여행도 떠난다. 스팅의 〈Englishman in New York〉을 들으면서는 뉴욕의 이방인이 되어보기도 한다.

가끔은 여행을 떠날 때처럼 플레이리스트를 점검한다. 바르셀로나 몬주익 언덕의 분수대에 놓고 온 영혼의 부스러기, 부다페스트 산꼭대기에 두고 온 모험심도 슬쩍 가져온다. 강릉의 바닷가에서 모래와 섞여버린 바스러진 열정의 조각도 담아본다. 그렇게 여행의 추억을 들췄다가 다시 현실로 돌아온다. 여행이 언제나 다 좋은 것처럼 음악도 언제나 다 좋다. 시공간을 뛰어넘어 여행의 기억을 빠르게 반복 재생할 수 있으니. 지금 귓가에 그리고 입가에 노래가 맴돈다. 나는 음악으로 오늘도 여행 중이다.

(서미현)

24. 노을

노을을 보려고
하루를 산 것 같았다

대자연 앞에 서면 말문이 막힌다. 광활한 초원과 사막, 바다 앞에서, 드높은 산과 숲과 하늘과 폭포 아래에서 내 안에 머무르는 고민들과 주위 사람들을 생각한다. 내가 진정 원하는 것과 그렇지 않은 것에 대해서도 생각한다. 그러다가 내심 괜찮지 않았던 해묵은 감정이 깨어나기도 한다. 눈 앞에 펼쳐진 대자연을 보고 있노라면 그 안에 담긴 역사와 아름다움에 비해 나란 존재와 떠도는 상념은 얼마나 사사롭고 귀여운지 저절로 깨닫게 된다. 아무것도 해결된 것은 없지만 어쩐지 나는 힘을 받는다. 조금은 마음이 정리된다.

원하는 방향을 찾기 위해서는 충분히 헤매야 한다. 갈팡질팡하다 종국에는 무언가를 건져오기 위해 나는 여행을 떠난다. 빈손으로 돌아오는 일은 없다. 캐리어 속 기념품보다도 훨씬 다채로운 경험과 영감 그리고 방향성에 대한 힌트를 품고 의기양양하게 귀가한다. 그러나 새로운 마음으로 무언가를 해보겠다는 의지는 유효 기간이 너무 짧다. 다시 부지런히 티끌을 모으는 일개미 모드에 적응하다 보면 영어 공부도 운동도 주위 사람과 나 자신을 더 챙겨보려던 의지도 여행의 기억과 함께 희미해져 버린다. 나를 압도하는 풍경과 근사한 적막의 위력이 다시금 간절해지지만 그 기회는 귀하고 드물어 나는 또 끙끙 앓고야 만다.

도시에서 먹고사는 삶을 사는 이상 자연을 만나려면 어떻게든 짬을 내야 한다. 멀리 못 가면 근처 공원이나 강가라도 찾아가야 한다. 그곳에만 가도 터질 것 같던 가슴이 조금은 가라앉는다. 사방이 막혀 있는 건물 사이에서 고개를 젖히고 하늘을 올려다보는 것도 그쪽만이 탁 트여 있기 때문이다. 회사 옥상이나 출퇴근하는 차 안에서 매일 다른 하늘과 해와 달의 표정을 물끄러미 보고 있노라면 기분이 나아진다.

서울에서 나고 자라오다 2년 전 경기도민이 된 이후로는 한강을 건널 때 만나게 되는 지하철 창밖 풍경을 더 이상 볼 수 없다는 점이 못내 아쉽다. 지하를 달리던 퇴근길 열차가 잠깐 지상으로 빠져나와 한강을 넘을 때의 해 질 녘 풍경은 1분도 안 되는 짧은 시간이지만 흩날리던 마음을 진정시켜 주고 얼기설기 지저분하게 엉켰던 감정을 풀어주곤 했다. 강물에도 하늘에도 사람들에게도 따듯한 위로가 덮이는 시간. 멀리 나가야 체감할 수 있는 대자연의 효과를 어느 정도 대체해준 그 잠깐의 마법에 매일 새롭게 감동했다.

여행지에서도 '노을'의 필터 효과는 이어졌다. 아무것도 모르고 떠난 첫 유럽 여행, 저녁 8시가 넘었는데도 백야 현상으로 해가 도통 질 생각을 안 하는 걸 보고 신이 났다. 하지만 선셋 뷰를 노리고 식사하려고 했던 레스토랑은 의도치 않게 낮술의 현장이 되고, 빠듯한 일정으로 아침부터 쉬지 않고 쏘다닌 바람에 대부분의 날을 노을도 야경도 보지 못한 채 숙소에서 그대로 뻗고는 했다. 하지만 에펠탑의 낮과 밤을 모두 보기 위해 기어코 버텨낸 어느 날 저녁, 뤽상부르 공원과 바토 파리지엥 유람선에서 맞이한 늦은 오후의 일몰은 주변의 모든 사물과 풍경을 노란빛으로 물들이기에 충분했다. 그때

나는 알았다. 이 노란 필터에는 기억을 더 오래 저장시키는 마력이 깃들어 있다는 것을. 그리고 이 따뜻하고 무해한 빛이 우리의 모든 기억을 더 미화시킬 것이라는 것을.

그 이후로 나는 여행 루트를 짤 때면 저녁마다 어디에서 무엇을 하다 어디에서 지는 해를 볼 것인가를 꼼꼼히 따지기 시작했다. 국내든 해외든 찾아보면 해당 시기의 대략적인 일몰 시간을 알려주는 사이트가 있다. 그것을 참고해 나라나 계절에 따라 바뀌는 일몰 시간을 가급적이면 체크해 둔다. 탁 트인 야외나 서쪽 바다, 전망대와 같이 높은 지대를 갈 일이 있을 때는 세밀하게 동선을 조정하기도 한다. 날씨나 다른 변수 때문에 실제로 노을을 볼 수 있는 날은 항상 계획한 것의 절반 정도밖에 되지 않기 때문에 나는 되도록 노을을 볼 수 있는 기회가 있다면 절대 놓치지 않으려 애를 쓴다.

차로 이동 중이라면 어딘가 잠깐 내려서 두 눈과 카메라에 그 고요한 흥분을 담는다. (그게 여의치 않다면 창문이라도 내려야 한다.) 무엇보다도 날씨 좋은 여름밤, 야외나 밖이 내다보이는 레스토랑에서 무언가를 먹고 마시다가 맞닥뜨리는 노을은 정말이지 최고다! 와인처럼 따뜻하게 퍼져 나가는 붉은 기운은 안 그래도 높은 식욕을 더욱 돋워주고 분위기도 살려주며 깊은 감탄사와 동시에 내 안의 흥을 샴페인처럼 터뜨려준다.

멋진 여행지에서 보는 노을은 5성급 호텔에 체크인할 때 주는 웰컴 드링크 같고, 기념일 맞이 서프라이즈 선물 같고, 투숙객만 누릴 수 있는 해피 아워 서비스 같다. 그 풍경은 매일 다르고, 시시각각이 달라 도무지 질리지가 않는다. 방콕 카오산 로드에서 본 보랏빛 노을과 볼로냐 출장 기간 동안 매일 퇴근길에 본 핫 핑크 컬러의 노을, 남편과 코타키나발루에서 본 오렌지빛 노을을 나는 앞으로도 결코 잊을 수 없을 것이다.

여행지에서 노을에 감탄하다 다시 일상 속에서 노을을 볼 때면 왠지 또 오묘하다. 저 노을 반대편에서 어느 여행자가 나와 같은 풍경을 보고 있지는 않을까? 그런 생각이 드는 것 또한 노을 효과다. 작은 행성에서 노을을 보기 위해 하루에 마흔두 번이나 의자를 옮겨 앉았다던 어린 왕자는 '얼마나 외로웠으면 그랬을까'라는 감상을 불러일으킨다지만 내 생각은 다르다. "대박! 얼마나 좋을까? 그저 의자를 옮기는 것만으로 노을을 보고 또 볼 수 있다니. 거기 완전 '노을 맛집'이잖아."

해는 매일 지지만 항상 노을을 볼 수 있는 것은 아니다.

흐리거나 궂은날은 물론이고 서쪽이 내다보이지 않는 실내에 있거나 빼곡한 빌딩 숲 사이에 갇혀 있으면 일몰은 코빼기도 보기 힘들다. 지금 사는 집은 정남향이라 채광을 비롯해 여러모로 좋은 조건이지만 일출이든 일몰이든 베란다에서 해를 찾아 고개를 길게 빼고서야 볼 수 있다.

요즘은 미친 듯이 지어대는 신축 아파트에 가려 해의 끄트머리 한 줌마저도 놓쳐버리기 일쑤다. 저녁이면 거실 가장 깊숙한 가구까지 쭉 밀고 들어오는 오렌지빛의 위안. 그것이 그리도 욕심이 날 때면 나는 남편에게 은근하게 청을 넣는다. “언제가 될지는 몰라도 다음 집은 남서향이면 좋겠어요.”

‘색동 옷 갈아입은 가을 언덕에 빨갛게 노을이 타고 있어요’ 동요 〈노을〉을 노래하다 말고 강한 의문을 가졌던 어린 시절이 있었다. 무섭게시리 왜 노을을 굳이 타오르고 있다고 표현하는 걸까? 여느 때처럼 노을에 푹 빠져 한참을 바라보는 데 오랜 의문이 풀리는 듯했다. ‘어쩌면 노을은 자신을 바라보며 이런저런 상념과 감상에 빠지는 나 같은 사람들의 묵은 감정과 솔직한 속내를 모조리 떠안고 가는 것인지도 몰라. 그래서 노을은 타오르는 거야.’

감정의 소각장이 오늘도 진다. 모든 아쉬움과 슬픔과 그리움과 결핍과 불만과 고독을 수렴한 채. 내일 다시 '해맑게' 떠오를 수 있도록.

사람들은 새해가 되면 일출을 보러 여행을 떠나고, 추운 바다에서 벌벌 떨며 어둠이 밝아지길 기다리고, 떠오르는 해를 바라보며 소원을 빌고, 심지어 굿도 하고 방송도 한다. 그렇지만 모두들 한 해의 첫 태양과 마지막 태양이 지는 것에는 별 관심이 없다. 누군가 힘들 때면 '내일은 내일의 태양이 떠오른다'며 영화《바람과 함께 사라지다》의 명대사를 인용하지만 '지는 해'나 '황혼' 같은 단어는 쇠퇴와 종말을 상징할 때가 많다.

내게 노을은 가장 짧은 여행이며, 가장 오래 마음에 남을 여운이다. 나는 노을을 닮은 사람이고 싶다. 매일매일이 여행의 마지막 날인 것처럼, 나는 오늘 하루도 충실히 잘 살아낼 것이다. 그리하여 다음날에도 새롭게 저물기 위해 다시 열심히 타오를 것이다.

비록 오늘 노을을 보지 못하더라도 나는 실망하지 않는다. 내일은 내일의 태양이 질 테니까.

(이승은)

25. 사진

단톡방 추억 여행

친구가 크게 축하할 일이 생겼다고 무려 한우를 코스로 사겠다고 했다. 예전부터 쏘는 걸 좋아하던 친구였다. 모두가 돈이 없던 학생 시절에도 "이건 내가 살게"하며 비싼 술을 주문하거나, 지하철이 끊긴 시간에도 "택시비를 줄 테니 지금 당장 나와"라고 불러낼 만큼 통이 큰 친구였다. 인생이 내일 끝나기라도 할 것처럼 언제나 오늘을 충실하게 즐기자고 외치고, 전시회나 연주회, 여행이나 음식, 패션에도 언제나 아낌없이 투자하고, 함께 여행을 갈 때면 희귀하고 멋진 곳만 귀신같이 찾아내 우리를 놀라게 하던 친구였다.

그 친구와 반대로, 나는 친구들이 선물을 사주겠다고 해도 어떤 게 좋은지 고르지 못해 주위를 답답하게 할 만큼 쇼핑에 재능이 없었다. 뭐든 선택하고 사는 데에는 시간이 걸리고 가지고 있는 물건도 좀처럼 버리지 못해 버리는 결정을 할 때는 살 때보다 더 오랜 시간을 고민했다. 사진을 찍을 때도 친구는 찍는 것을 즐기고 나는 저장하는 걸 좋아했다. 내가 찍은 사신과 친구가 찍은 사진, 누군가에게 카톡으로 받은 사진까지 하나라도 없어지지 않도록 저장하고 또 저장해야 속이 시원했다.

얼마 전 그 친구에게 이사를 하다가 여행 사진을 다 잃어버린 것 같다는 얘기를 들었을 때 머릿속으로 내 저장 공간(클라우드) 어딘가에 분명 있을 거란 생각이 스쳤다. 하지만 그 말을 입에 담는 즉시 사진을 찾아 보내줘야 할 것만 같아 일단 말을 삼켰다. 컴퓨터나 외장하드를 업그레이드할 때도 데이터를 잃어버리면 안 된다는 강박 때문에 간단한 작업도 오래 걸리기 일쑤였고, 그 과정이 피곤해서 정리하지 않은 사진이 핸드폰에 벌써 4년째 밀려 있는 상황이었다. 당장 사진을 찾아 보내줄 엄두가 나지 않았다. 하지만 이참에 사진 정리를 더 이상 미루지 말고 해버려야겠다는 생각을 했다. 친구의 사진도 찾아보고 싶었고, 핸드폰도 갑자기 꺼졌다 켜지는 증상을 보이던 터라 영영 켜지지 않는 순간이 오기 전에 재빨리 백업을 해야 했다.

일단 정리에 돌입하면 단번에 끝내야지 도중에 멈추거나 흐름이 끊어져서는 안 된다. 어디쯤에서 멈췄는지, 정리 기준은 뭐였는지 헷갈려서 처음부터 다시 해야 할 수도 있기 때문이다. 이번에는 꼭 하루 만에 다 해치우자 굳게 다짐하고 시작했지만 아니나 다를까 일주일이 지나도 작업은 끝나지 않았다. 핸드폰과 클라우드에 저장된 사진이 얼마나 많은지 전체 용량을 확인하기도 힘들었고 오래된 사진부터 차례대로 정리하다 버퍼링이 발생해 중도에 방법을 바꾸기도 했다. 다시 최신순으로 날짜를 훑으며 이벤트별로 폴더를 만들고 차곡차곡 담아가기를 반복했지만 일은 끝날 줄을 몰랐다. 혹시 방법이 잘못됐나 싶어 여기저기 검색을 해봤지만 뾰족한 방법은 없는 것 같았다.

'첨단 기술력과 직관적인 인터페이스를 자랑하는 아이폰도 사진 정리에 대해서만큼은 무능하기 짝이 없구나. 클라우드는 저장 공간을 추가하라는 알림만 줄창 보내는데 그냥 계속 쌓아 두면 사진을 찾아보기 힘들다는 걸 모르진 않겠지? 지역별 검색이나 인물 검색이 사진 관리에 별 도움이 안

된다는 걸 정말 모르는 걸까? 이 거대한 뭉텅이를 어쩐단 말인가.'

코로나로 친구와의 만남을 계속 미루다 점심 약속을 잡았을 땐 다행히 사진 정리도 어느 정도 끝나가고 있었다. 얼마나 기다린 만남인지, 너무 일찍 일어나 버려 길게 목욕을 하고 머리를 말리고 어차피 마스크로 가릴 얼굴이지만 공들여 화장까지 했다. 그런데도 시간이 남았다. 친구는 더 들뜬 모양이었다. 약속 시간 반 시간 전 이미 도착했다고 카톡이 왔고 계속 혼자 앉아 있기 민망하니 주문을 먼저 넣겠다는 통보가 이어졌다. 그때부터 내 마음도 급해졌다. 약속 시간은 아직 한참이나 남았는데 마치 지각한 사람처럼 마음이 초조해졌다. 이번에 전철에서 내리니 금방 도착한다고 메시지를 보내고 미리 검색해둔 출구 번호를 향해 내달리듯 걸었다. 그런데 한참 걷다 문득 이상한 느낌이 들었다. 어? 여기 왜 낯설지? 환승 통로가 아닌가? 정신을 차리고 주변을 둘러보니 광화문역이 아닌 종로3가역에 내린 거였다. 안 하던 실수를 해버렸다는 의기소침한 마음과 함께 억울함이 솟구쳤다. 분명 약속 시간보다 한참 전에 도착해서 오늘을 얼마나 기다렸는지 엄청 티 내며 증명해 보일 수 있었는데, 이제는 잘해봤자 늦은 느낌의 정시 도착이었다.

일찍 도착하는 데는 실패했지만 친구를 감동시킬 야심작은 남아 있었다. 분명 집에 가져가서 한 번 보고는 아무 데나 처박아버릴 친구가 나중에 쉽게 다시 찾을 수 있도록 겉면에 이름까지 각인해둔 USB였다. 서로 다른 성격의 우리가 많이 싸우고 화해하며 서로를 알아 온 20년 과정의 결과물이라고 할까. 입으로는 "별 건 아니고, 니가 잃어버렸다던 사진이야"라고 무뚝뚝하게 말했지만 속으로는 '자 어서 나를 칭찬해 보거라'하며 눈을 반짝였다. 하지만 친구는 "고맙다" 한마디 하고는 USB를 가방에 쏙 넣어버렸다. 그리고 화제는 오랜만에 만난 반가움으로 이미 옮겨가 있었다. 순간 섭섭했지만 그런 마음은 한우 코스 요리 앞에서 자취를 감추었고, 우리는 뜯고 보고 맛보는 기쁨과 문자가 아닌 육성으로 느끼는 서로의 리액션을 즐기며 수다의 도가니로 빠져들었다. 언제나처럼 목소리는 점점 커졌고, 웃음은 파도를 쳤고, 술이 술을 먹었다.

사진을 정리하는 데 시간이 오래 걸린 진짜 이유는 따로 있었다. 먼저 필요 없는 사진을 지워야 하는데 그러지를 못했다. 의미 없어 보이던 나무와 땅바닥, 하늘 사진이 막상 지우려고 클릭하면 갑자기 존재감을 발산하며 감정을 휘젓곤 했다. 내가 그때 왜 카메라를 집어 들었고 뭘 기록해 두고 싶었는지, 지우려 하는 순간 과거의 내가 말을 걸어오는 것처럼 모든 기억이 다 올라왔다. 역순의 폴더를 따라 천천히 시간 여행을 했다. 나이가 들면 과거에는 못나 보이던 사진도 다 예뻐 보이니 하나도 지우지 말라고 했던 엄마의 얘기도 떠올랐다.

태아 때부터 지금까지를 한 가지 감정으로 되돌아보는 명상 기법이 있다고 한다. 그게 정말 가능할까 의구심이 들었는데 사진을 정리하며 충분히 가능하겠다는 생각이 들었다. 특별할 것 없는 사진을 한 장, 한 장 열 때마다 함께 따라 나오는 기억은 너무나도 촘촘하고 디테일했다. 쉽게 파일을 닫을 수도 지울 수도 없을 정도였다. 그러니 제대로 명상을 한다면 얼마나 많은 것이 떠오를까.

낱장의 사진을 넘기다 보면 사진과 사진 사이의 여백이 채워지면서 머릿속에선 영상으로 이어져 보였다. 어쩌면 역동적인 명상의 시간을 보낸 것 같기도 했다. 핸드폰에 있던 거대한 덩어리는 단순히 정리해서 없애야 하는 사진의 무덤이 아니었다. 그러니 당연히 쉽게 끝낼 수 있는 작업도 아니었다.

혼자만의 추억 여행으로도 충분했지만, 아쉬움을 남겼던 선물 증정식도 나중에 제대로 보상을 받았다. USB를 열어본 친구가 기대 이상으로 기뻐하며 다른 친구들과의 단톡방에 여행 사진을 올렸고, 덕분에 친구들과 다시 한번 추억 여행을 떠날 수 있었다. 코로나19가 등장하기 직전에 갔던 마지막 해외여행 사진에 특히나 뜨거운 반응이 쏟아졌다.

필름 사진처럼 흑백으로 변환해둔 재즈바 사진이 단톡방에 투척되자 영화《미드나잇 인 파리》에서 시계탑이 자정을 알릴 때처럼 우리의 시간은 순식간에 뒤틀어졌다. 남다른 취향을 자랑하는 친구가 여행 계획을 세우다 구글링으로 발견한 그 재즈바는 낮에 가면 절대 찾을 수 없다는 비밀공간이었다. 현지인도 쉽게 찾을 수 없다는 후기에 마음이 홀라당 넘어간 우리는 겨우 3일을 머문 홍콩 여행 첫날을 투자해 가게를 찾아보기로 했다. 대략의 주소를 가지고 목적지에 도착한 우리는 주위를 둘러봤지만 재즈바로 변신할법한 가게는 보이지 않았다. 주변에서 일하는 누군가는 분명 그곳을 알 거라는 믿음으로 무작정 근처 가게의 문을 몇 차례 두드렸을 때 '외국인이 어떻게 알고 찾아왔지?'라고 말하는 듯 눈이 한껏 동그래진 주인장을 만날 수 있었다. 너무 작아서 절대 공연은 할 수 없을 거라 생각했던 가게였다. 비정기적으로 내킬 때마다 공연을 하고, 사전에 예약하지 않은 사람은 들이지 않으며, 당일 예약도 불가하다는 그곳을 공연 전날 방문할 확률이 얼마나 될까? 그렇게 우리는 원하던 예약 미션을 수행해냈다.

다음 날 저녁, 보물을 손에 넣은 해적의 마음으로 좁디좁은 공연장에 들어선 우리는 비밀을 공유하는 사람들과 숨막히는 공기를 함께 마시는 것만으로 벅차올랐다. 입장료도 없고 아무것도 팔지 않는 그곳에서 우리는 공연 내내 서로 눈을 마주치며 웃었고 잔을 마주치며 싸간 와인을 마셨다. 중간 휴식 타임에 열기를 식히려 가게 밖 계단으로 뛰어나가 시원한 밤바람과 이슬비를 맞았다. 이건 꿈이 분명한데 깨지 않았다.

사진 하나로 우리의 일상은 다시 한번 마법에 빠졌다. 완전히 잊은 건 아니지만 조금씩 희미해져 가던 그날이 다시 생생하게 떠올랐다. 그리고 나만 그런 게 아니었다. 끝없이 이어지는 우리의 수다는 같은 추억을 공유하는 게 얼마나 신나는 일인지 제대로 상기시켜 주었다. 아무리 힘차게 떠들어도 말로는 다 표현할 수 없는 서로의 벅찬 감정을 우리는 말하지 않아도 이미 알고 있었다.

한참을 즐거워했지만 언젠가 그곳에 다시 가보기로 약속하며 단톡방 추억 여행은 끝났다. 그래도 여행을 함께 추억할 수 있는 친구들이 있어 행복하다. 덕분에 일상을 풍요롭게 만드는 습관 하나를 찾은 것 같다. 단톡방을 떠들썩하게 만들 추억거리를 찾아보는 것. 사진 말고도 함께 즐길 수 있는 사소하고 소소하고 시시한 것들이 없는지 살펴봐야겠다. 어차피 코로나19로 시간은 많아졌으니.

(차매옥)

섬북동씨 안에는
7인의 여행자가 있습니다

이유정

카피라이터, 취재기자를 거쳐 현재는 드라마 작가. 책 『그녀의 프라다 백에 담긴 책』 『지친 목요일, 속마음을 꺼내 읽다』 『우리 같이 살래?』를 썼고, 카카오TV 드라마 《며느라기》의 극본을 썼다.

서미현

광고대행사 CD, 카피라이터로 일했다. 책 『오늘도 집밥』 『날마다 그냥 쓰면 된다』, 독립 출판물 『탈직장 자업전』을 썼다.

김경영

카피라이터와 항공사 여행지 에디터를 거쳐 현재는 책 번역가로 일한다. 『거의 완벽에 가까운 사람들』 『팬츠드렁크』 『North 리얼 스칸디나비아』 등 약 20권의 책을 우리말로 옮겼다.

김주은

평범한 월급쟁이. 어쩌다 독서 모임 회장. 글을 잘 쓰고 싶은 욕심쟁이. 아직 하고 싶은 것도 많고 꿈도 많은 어른이.

박재포

소소한 프로젝트를 진행하는 그래픽 디자인 기반의 디렉터. 독립 출판물 '플랜비매거진' 멤버. 브라질 무술 '까뽀에이라 앙골라' 수련자. 사회적기업에 적을 두고 있는 활동가.

이승은

디자인 회사 헤즈(HEAZ)의 카피라이터이자 콘텐츠 디렉터. 독립 출판물 '플랜비매거진'의 멤버. 모든 것에 이름을 붙이는 것을 좋아하고, 모든 것을 글과 사진과 컬러로 표현하고 싶은 사람.

차매옥

영화 마케터. 독립 출판물 '플랜비매거진'의 멤버. 두 번째 직장 10년 차에 퇴사 결심, 320일간 23개국 여행 후 원래 직장으로 돌아와 일한 지 6년 차, 다시 엉덩이가 들썩들썩하고 있다.

우리는 이미 여행자다

일상이 여행이 되는 습관

초판 1쇄 발행 2021년 8월 30일

지은이 섬북동

펴낸이 김옥정

만든이 이승현

디자인 디스커버

펴낸곳 좋은습관연구소

주소 경기도 고양시 후곡로 60, 303-1005

출판신고 2019년 8월 21일 제 2019-000141

이메일 buildhabits@naver.com

홈페이지 buildhabits.kr

ISBN 979-11-91636-08-6 (03800)